U0088393

韓語

單字、會話
一本搞定

한국어 단어와 회화,
이 책 한 권이면 끝!

想要同時加強韓語會話跟單字嗎？

書絕對是您最經濟實惠的選擇！！

典韓研所/企編 ○ 適合韓語初學者的單字、會話書

輕鬆融入韓國人生活的韓語入門書
包含各大生活主題，內容豐富多元
不管你是想認識韓國朋友、
去韓國旅遊、應付職場、留學…等
帶上這小小一本
絕對讓你韓語溝通沒煩惱！！

其組合方式有以下幾種：

1.子音加母音，例如：저(我)
2.子音加母音加子音，例如：밤（夜晚）
3.子音加複合母音，例如：위（上）
4.子音加複合母音加子音，例如：관（官）
5.一個子音加母音加兩個子音，如：값（價錢）

1. 為了讓讀者更容易學習發音，本書特別使用「簡
   易拼音」來取代一般的羅馬拼音。
   規則如下，
   例如：
   그러면 우리 집에서 저녁을 먹자.
   geu.reo.myeon/u.ri/ji.be.seo/jeo.nyeo.geul/meok.jja
   ----------普遍拼音
   geu.ro*.myo*n/u.ri/ji.be.so*/jo*.nyo*.geul/mo*k.jja
   -------------簡易拼音
   那麼，我們在家裡吃晚餐吧！

   文字之間的空格以「/」做區隔。
   不同的句子之間以「//」做區隔。

基本母音：

MP3 Track 002

	韓國拼音	簡易拼音	注音符號
ㅏ	a	a	ㄚ
ㅑ	ya	ya	ㄧㄚ
ㅓ	eo	o*	ㄛ
ㅕ	yeo	yo*	ㄧㄛ
ㅗ	o	o	ㄡ
ㅛ	yo	yo	ㄧㄡ
ㅜ	u	u	ㄨ
ㅠ	yu	yu	ㄧㄨ
ㅡ	eu	eu	(ㄜ)
ㅣ	i	i	ㄧ

特別提示：

1. 韓語母音「ㅡ」的發音和「ㄜ」發音有差異，但嘴型要拉開，牙齒快要咬住的狀態，才發得準。
2. 韓語母音「ㅓ」的嘴型比「ㅗ」還要大，整個嘴巴要張開成「大O」的形狀，
「ㅗ」的嘴型則較小，整個嘴巴縮小到只有「小o」的嘴型，類似注音「ㄡ」。
3. 韓語母音「ㅕ」的嘴型比「ㅛ」還要大，整個嘴巴要張開成「大O」的形狀，
類似注音「ㄧㄛ」，「ㅛ」的嘴型則較小，整個嘴巴縮小到只有「小o」的嘴型，類似注音「ㄧㄡ」。

基本子音：

	韓國拼音	簡易拼音	注音符號
ㄱ	g,k	k	ㄎ
ㄴ	n	n	ㄋ
ㄷ	d,t	d,t	ㄊ
ㄹ	r,l	l	ㄌ
ㅁ	m	m	ㄇ
ㅂ	b,p	p	ㄆ
ㅅ	s	s	ㄙ,(ㄒ)
ㅇ	ng	ng	不發音
ㅈ	j	j	ㄗ
ㅊ	ch	ch	ㄘ

特別提示：

1. 韓語子音「ㅅ」有時讀作「ㄙ」的音，有時則讀作「ㄒ」的音。「ㄒ」音是跟母音「ㅣ」搭在一塊時，才會出現。
2. 韓語子音「ㅇ」放在前面或上面不發音；放在下面則讀作「ng」的音，像是用鼻音發「嗯」的音。
3. 韓語子音「ㅈ」的發音和注音「ㄗ」類似，但是發音的時候更輕，氣更弱一些。

氣音：

	韓國拼音	簡易拼音	注音符號
ㅋ	k	k	ㄎ
ㅌ	t	t	ㄊ
ㅍ	p	p	ㄆ
ㅎ	h	h	ㄏ

特別提示：

1. 韓語子音「ㅋ」比「ㄱ」的較重，有用到喉頭的音，音調類似國語的四聲。
   ㅋ＝ㄱ＋ㅎ
2. 韓語子音「ㅌ」比「ㄷ」的較重，有用到喉頭的音，音調類似國語的四聲。
   ㅌ＝ㄷ＋ㅎ
3. 韓語子音「ㅍ」比「ㅂ」的較重，有用到喉頭的音，音調類似國語的四聲。
   ㅍ＝ㅂ＋ㅎ

	韓國拼音	簡易拼音	注音符號
ㅐ	ae	e*	ㄝ
ㅒ	yae	ye*	ㄧㄝ
ㅔ	e	e	ㄟ
ㅖ	ye	ye	ㄧㄟ
ㅘ	wa	wa	ㄨㄚ
ㅙ	wae	we*	ㄨㄝ
ㅚ	oe	we	ㄨㄟ
ㅞ	we	we	ㄨㄟ
ㅝ	wo	wo	ㄨㄛ
ㅟ	wi	wi	ㄨㄧ
ㅢ	ui	ui	ㄜㄧ

特別提示：

1. 韓語母音「ㅐ」比「ㅔ」的嘴型大，舌頭的位置比較下面，發音類似「ae」；「ㅔ」的嘴型較小，舌頭的位置在中間，發音類似「e」。不過一般韓國人讀這兩個發音都很像。

2. 韓語母音「ㅒ」比「ㅖ」的嘴型大，舌頭的位置比較下面，發音類似「yae」；「ㅖ」的嘴型較小，舌頭的位置在中間，發音類似「ye」。不過很多韓國人讀這兩個發音都很像。

3. 韓語母音「ㅚ」和「ㅞ」比「ㅙ」的嘴型小些，「ㅙ」的嘴型是圓的；「ㅚ」、「ㅞ」則是一樣的發音。不過很多韓國人讀這三個發音都很像，都是發類似「we」的音。

硬音：

	韓國拼音	簡易拼音	注音符號
ㄲ	kk	g	ㄍ
ㄸ	tt	d	ㄉ
ㅃ	pp	b	ㄅ
ㅆ	ss	ss	ㄙ
ㅉ	jj	jj	ㄗ

特別提示：

1. 韓語子音「ㅆ」比「ㅅ」用喉嚨發重音，音調類似國語的四聲。
2. 韓語子音「ㅉ」比「ㅈ」用喉嚨發重音，音調類似國語的四聲。

*表示嘴型比較大

Chapter 1 人際關係

Chapter 2 時間與天氣

星期

Chapter 5 職場與校園

在公司

談工作

在學校

Chapter 8 旅遊與交通

詢問方向

저는 여행에 관심이 있습니다.
我對旅行感興趣。 ································· 340

韓語

單字、會話

一本搞定

한국어 단어와 회화,
이 책 한 권이면 끝!

Chapter 1

人際關係

<u>저 분은 누구입니까?</u>

jo*/bu.neun/nu.gu.im.ni.ga

<u>那位</u>是誰？

置換看看

이 분은	그 분은
i/bu.neun	geu/bu.neun
這位	那位
그녀는	그는
geu.nyo*.neun	geu.neun
她	他
저 여자분은	저 남자분은
jo*/yo*.ja.bu.neun	jo*/nam.ja.bu.neun
那位女士	那位男士

情境會話一

A：옆에 계시는 분이 누구입니까?

　　yo*.pe/gye.si.neun/bu.ni/nu.gu.im.ni.ga

B：저희 아버님이십니다.

　　jo*.hi/a.bo*.ni.mi.sim.ni.da

A：아버님, 만나 뵙게 돼서 반갑습니다.

　　a.bo*.nim//man.na/bwep.ge/dwe*.so*/ban.gap.sseum.

　　ni.da

中譯一

A：在你旁邊的人是？

B：是我父親。

A：爸爸，很高興見到您。

情境會話二

A：당신에게 손 흔드는 사람이 누구예요?

　　dang.si.ne.ge/son/heun.deu.neun/sa.ra.mi/nu.gu.ye.yo

B：그분은 우리 예전 이웃이잖아요.

　　geu.bu.neun/u.ri/ye.jo*n/i.u.si.ja.na.yo

A：아! 그분이군요.

　　a//geu.bu.ni.gu.nyo

中譯二

A：向你揮手的人是誰啊？

B：那位是我們以前的鄰居啊！

A：啊！原來是他。

情境會話三

A：저분은 민지 씨의 친구예요?

　　jo*.bu.neun/min.ji/ssi.ui/chin.gu.ye.yo

B：네, 제 친구 김수영입니다.

　　ne//je/chin.gu/gim.su.yo*ng.im.ni.da

A：참 예쁘게 생겼네요!

　　cham/ye.beu.ge/se*ng.gyo*n.ne.yo

A：那位是旼志你的朋友嗎？

B：是的，是我的朋友金秀英。

A：長得真漂亮呢！

詞彙－稱謂

MP3 Track 008

나	na 我（平輩之間用）
저	jo* 我（對長輩用）
너	no* 你（平輩之間用）
당신	dang.sin 您／夫妻之間用
그	geu 他
그녀	geu.nyo* 她
그분	geu.bun 他／那位
우리	u.ri 我們
그들	geu.deul 他們

너희들	no*.hi.deul 你們
당신들	dang.sin.deul 您們
우리들	u.ri.deul 我們
아저씨	a.jo*.ssi 叔叔 / 大叔
아줌마	a.jum.ma 太太 / 阿姨
신사	sin.sa 紳士
여러분	yo*.ro*.bun 各位
부인	bu.in 太太
젊은이	jo*l.meu.ni 年輕人
할머니	hal.mo*.ni 老奶奶
할아버지	ha.ra.bo*.ji 老爺爺

實用例句

그 분은 한 선생님입니다.

geu/bu/neun/han/so*n.se*ng.ni.mim.ni.da

那位是韓老師。

문 뒤에 있는 여자분은 누구입니까?

mun/dwi.e/in.neun/yo*.ja.bu.neun/nu.gu.im.ni.ga

在門後方的女生是誰?

저기 서 있는 사람이 우리 남편이에요.

jo*.gi/so*/in.neun/sa.ra.mi/u.ri/nam.pyo*.ni.e.yo

站在那裡的人是我老公。

김 선생은 어느 분이세요?

gim.so*n.se*ng.eun/o*.neu/bu.ni.se.yo

金先生是哪一位?

그 분은 우리 회사 부장님이세요.

geu/bu.neun/u.ri/hwe.sa/bu.jang.ni.mi.se.yo

那位是我們公司的部長。

낮에 집에 왔던 손님은 누구입니까?

na.je/ji.be/wat.do*n/son.ni.meun/nu.gu.im.ni.ga

白天來到家裡的客人是誰?

韓語 單字會話 - 一起說堂

028

성함이 어떻게 되세요?

so*ng.ha.mi/o*.do*.ke/dwe.se.yo

可以告訴我你的姓名嗎？

置換看看

이름이	전화번호가
i.reu.mi	jo*n.hwa.bo*n.ho.ga
名字	電話號碼
연세가	직업이
yo*n.se.ga	ji.go*.bi
年紀	職業
주소가	몸무게가
ju.so.ga	mom.mu.ge.ga
住址	體重

情境會話一

A : 처음 뵙겠습니다. 성함이 어떻게 되세요?

　　cho*.eum/bwep.get.sseum.ni.da//so*ng.ha.mi/o*.do*.

　　ke/dwe.se.yo

B : 저는 임윤아라고 합니다.

　　jo*.neun/i.myu.na.ra.go/ham.ni.da

A : 만나서 반갑습니다.

　　man.na.so*/ban.gap.sseum.ni.da

A：初次見面，可以告訴我您的姓名嗎？

B：我叫做林允兒。

A：很高興見到您。

情境會話二

A：명함 한 장 주시겠습니까?

myo*ng.ham/han/jang/ju.si.get.sseum.ni.ga

B：여기 있습니다.

yo*.gi/it.sseum.ni.da

A：고맙습니다. 말씀 많이 들었습니다.

go.map.sseum.ni.da//mal.sseum/ma.ni/deu.ro*t.sseum.

ni.da

中譯二

A：可以給我一張名片嗎？

B：在這裡。

A：謝謝，久仰您的大名。

情境會話三

A：이름이 뭐예요?

i.reu.mi/mwo.ye.yo

B：김남주예요.

gim.nam.ju.ye.yo

A：알게 되어 기뻐요.

al.ge/dwe.o*/gi.bo*.yo

中譯三

A：你叫什麼名字？

B：金南珠。

A：很高興認識你。

詞彙一韓國姓氏   MP3 Track 011

김	gim 金
강	gang 姜
공	gong 孔
권	gwon 權
박	bak 朴
손	son 孫
송	song 宋
안	an 安

이	i 李
장	jang 張
배	be* 裴
백	be*k 白
서	so* 徐
신	sin 申
진	jin 陳
조	jo 曺
차	cha 車
최	chwe 崔
한	han 韓
홍	hong 洪

이효리	i.hyo.ri 李孝利
한지혜	han.ji.hye 韓智慧
장동건	jang.dong.go*n 張東健
김태희	gim.te*.hi 金泰熙
장근석	jang.geun.so*k 張根碩
박은혜	ba.geun.hye 朴恩慧
이민호	i.min.ho 李民浩
송승헌	song.seung.ho*n 宋承憲
신민아	sin.mi.na 申敏兒
현빈	hyo*n.bin 玄彬

實用例句

안녕하세요. 처음 뵙겠습니다.

an.nyo*ng.ha.se.yo//cho*.eum/bwep.get.sseum.ni.da

您好，初次見面。

저는 박미연입니다. 만나서 반갑습니다.

jo*.neun/bang.mi.yo*.nim.ni.da//man.na.so*/ban.gap.sseum.ni.da

我是朴美妍，很高興見到您。

많은 가르침 부탁합니다.

ma.neun/ga.reu.chim/bu.ta.kam.ni.da

請多多指教。

만나서 반갑습니다. 앞으로 많이 도와 주십시오.

man.na.so*/ban.gap.sseum.ni.da//a.peu.ro/ma.ni/do.wa/u.sip.ssi.o

很高興認識你，往後請多幫助。

전부터 만나 뵙고 싶었습니다.

jo*n.bu.to*/man.na/bwep.go/si.po*t.sseum.ni.da

我之前就想見見您了。

제 이름은 김나나입니다.

je/i.reu.meun/gim.na.na.im.ni.da

我的名字是金娜娜。

한국 사람이세요?

han.guk/sa.ra.mi.se.yo

您是韓國人嗎？

置換看看

미국 mi.guk **美國**	홍콩 hong.kong **香港**
일본 il.bon **日本**	중국 jung.guk **中國**
프랑스 peu.rang.seu **法國**	캐나다 ke*.na.da **加拿大**

情境會話一

A : 한국 사람이세요?

　　han.guk/sa.ra.mi.se.yo

B : 네, 한국 사람이에요.

　　ne//han.guk/sa.ra.mi.e.yo

A : 저도 한국 사람이에요. 만나서 반가워요.

　　jo*.do/han.guk/sa.ra.mi.e.yo//man.na.so*/ban.ga.wo.yo

A：您是韓國人嗎？

B：是的，我是韓國人。

A：我也是韓國人，很高興見到你。

情境會話二

A：안녕하세요. 저는 대만에서 왔습니다.

an.nyo*ng.ha.se.yo//jo*.neun/de*.ma.ne.so*/wat.seum.

ni.da

B：저는 한국 사람입니다. 이승기라고 합니다.

jo*.neun/han.guk/sa.ra.mim.ni.da//i.seung.gi.ra.go/

ham.ni.da

A：만나서 반갑습니다. 좋은 친구가 되었으면

합니다.

man.na.so*/ban.gap.sseum.ni.da//jo.eun/chin.gu.ga/

dwe.o*.sseu.myo*n/ham.ni.da

中譯二

A：你好，我從台灣來的。

B：我是韓國人，名叫李昇基。

A：很高興見到你，希望我們可以成為好朋友。

情境會話三

A：전화번호를 알 수 있을까요?

jo*n.hwa.bo*n.ho.reul/al/ssu/i.sseul.ga.yo

B：네, 제가 여기에 적어 드릴게요.

ne//je.ga/yo*.gi.e/jo*.go*/deu.ril.ge.yo

中譯三

A：可以告訴我你的電話號碼嗎？

B：可以，我寫在這裡。

詞彙－國家

MP3 Track 015

대만	de*.man 台灣
영국	yo*ng.guk 英國
독일	do.gil 德國
러시아	ro*.si.a 俄羅斯
싱가포르	sing.ga.po.reu 新加坡
말레이시아	mal.le.i.si.a 馬來西亞
모로코	mo.ro.ko 摩洛哥
스위스	seu.wi.seu 瑞士

스웨덴	seu.we.den 瑞典
포르투갈	po.reu.tu.gal 葡萄牙
스페인	seu.pe.in 西班牙
이탈리아	i.tal.li.a 義大利
아르헨티나	a.reu.hen.ti.na 阿根廷
오스트리아	o.seu.teu.ri.a 奧地利
이집트	i.jip.teu 埃及
칠레	chil.le 智利
호주	ho.ju 澳大利亞
멕시코	mek.ssi.ko 墨西哥
아프리카	a.peu.ri.ka 非洲
남아프리카	na.ma.peu.ri.ka 南非

네덜란드	ne.do*l.lan.deu 荷蘭
덴마크	den.ma.keu 丹麥
뉴질랜드	nyu.jil.le*n.deu 紐西蘭
태국	te*.guk 泰國
필리핀	pil.li.pin 菲律賓
미얀마	mi.yan.ma 緬甸
인도	in.do 印度
베트남	be.teu.nam 越南
브라질	beu.ra.jil 巴西
이라크	i.ra.keu 伊拉克

詞彙一城市　　　　　　　　MP3 Track 016

타이페이	ta.i.pe.i 台北

서울	so*.ul 首爾
도쿄	do.kyo 東京
워싱턴	wo.sing.to*n 華盛頓
뉴욕	nyu.yok 紐約
북경	buk.gyo*ng 北京
상하이	sang.ha.i 上海
파리	pa.ri 巴黎
베를린	be.reul.lin 柏林
토론토	to.ron.to 多倫多
홍콩	hong.kong 香港
방콕	bang.kok 曼谷
런던	ro*n.do*n 倫敦

카이로	ka.i.ro 開羅
마드리드	ma.deu.ri.deu 馬德里
로마	ro.ma 羅馬
모스크바	mo.seu.keu.ba 莫斯科
자카르타	ja.ka.reu.ta 雅加達
빈	bin 維也納
제네바	je.ne.ba 日內瓦
테헤란	te.he.ran 德黑蘭

實用例句

어느 나라 사람입니까?

o*.neu/na.ra/sa.ra.mim.ni.ga

您是哪國人？

어디에서 왔어요?

o*.di.e.so*/wa.sso*.yo

你從哪裡來？

고향은 어디입니까?

go.hyang.eun/o*.di.im.ni.ga

你的家鄉在哪裡？

제 고향은 타이베이입니다.

je/go.hyang.eun/ta.i.be.i.im.ni.da

我的故鄉是台北。

한국에 온 지 얼마나 됐어요?

han.gu.ge/on/ji/o*l.ma.na/dwe*.sso*.yo

你來韓國多久了？

한국에 온 지 만 이년이 됐습니다.

han.gu.ge/on/ji/man/i.nyo*.ni/dwe*t.sseum.ni.da

我來韓國滿兩年了。

동생이 몇 명 있어요?

dong.se*ng.i/myo*t/myo*ng/i.sso*.yo

你有幾個<u>弟弟妹妹</u>？

置換看看

형이	언니가
hyo*ng.i	o*n.ni.ga
哥哥（弟稱）	姊姊（妹稱）
오빠가	남동생이
o.ba.ga	nam.dong.se*ng.i
哥哥（妹稱）	弟弟
누나가	여동생이
nu.na.ga	yo*.dong.se*ng.i
姊姊（弟稱）	妹妹

情境會話

A：가족이 몇 명이세요?

ga.jo.gi/myo*t/myo*ng.i.se.yo

B：우리 가족은 모두 넷이에요. 아버지와 어머니가 계시고, 오빠가 하나 있습니다.

u.ri/ga.jo.geun/mo.du/ne.si.e.yo//a.bo*.ji.wa/o*.mo*.ni.ga/gye.si.go/o.ba.ga/ha.na/it.sseum.ni.da

A：你家有幾個人？

B：我家總共有四個人。有爸爸、媽媽，和一個哥哥。

詞彙－家人

아버지	a.bo*.ji 父親
아빠	a.ba 爸爸
어머니	o*.mo*.ni 母親
엄마	o*m.ma 媽媽
형/오빠	hyo*ng/o.ba 哥哥
언니/누나	o*n.ni/nu.na 姊姊
남동생	nam.dong.se*ng. 弟弟
여동생	yo*.dong.se*ng 妹妹
아내	a.ne* 妻子／老婆

| 남편 | nam.pyo*n
丈夫 / 老公 |

시아버지	si.a.bo*.ji 公公
시어머니	si.o*.mo*.ni 婆婆
장인	jang.in 岳父
장모	jang.mo 岳母
할머니	hal.mo*.ni 奶奶
할아버지	ha.ra.bo*.ji 爺爺
외할아버지	we.ha.ra.bo*.ji 外公
외할머니	we.hal.mo*.ni 外婆
큰 아버지	keun/a.bo*.ji 伯父
큰 어머니	keun/o*.mo*.ni 伯母

작은 아버지	ja.geun/a.bo*.ji 叔父
작은 어머니	ja.geun/o*.mo*.ni 叔母
고모부	go.mo.bu 姑丈
고모	go.mo 姑姑
외삼촌	we.sam.chon 舅舅
외숙모	we.sung.mo 舅媽
형수	hyo*ng.su 嫂嫂
제수	je.su 弟媳
매부	me*.bu 妹夫
형부	hyo*ng.bu 姊夫

詞彙一晚輩親屬

MP3 Track 021

자녀	ja.nyo* 子女

아들	a.deul 兒子
딸	dal 女兒
장자	jang.ja 長子
장녀	jang.nyo* 長女
며느리	myo*.neu.ri 媳婦
사위	sa.wi 女婿
손자	son.ja 孫子
손녀	son.nyo* 孫女
조카	jo.ka 姪兒

實用例句

저희 집은 대가족입니다.

jo*.hi/ji.beun/de*.ga.jo.gim.ni.da

我家是個大家族。

저는 독녀입니다.

jo*.neun/dong.nyo*.im.ni.da

我是獨生女。

언니가 두 명 있어요.

o*n.ni.ga/du/myo*ng/i.sso*.yo

我有兩個姊姊。

아들 하나 있어요.

a.deul/ha.na/i.sso*.yo

我有一個兒子。

언니가 둘 있는데 오빠는 없습니다.

o*n.ni.ga/dul/in.neun.de/o.ba.neun/o*p.sseum.ni.da

我有兩個姐姐，沒有哥哥。

형제가 몇 명이나 돼요?

hyo*ng.je.ga/myo*t/myo*ng.i.na/dwe*.yo

你有幾個兄弟姊妹？

어떤 남자를 좋아하세요?

o*.do*n/nam.ja.reul/jjo.a.ha.se.yo

你喜歡什麼樣的男生？

置換看看

여자를	날씨를
yo*.ja.reul	nal.ssi.reul
女生	天氣
영화를	음악을
yo*ng.hwa.reul	eu.ma.geul
電影	音樂
장르를	그림을
jang.neu.reul	geu.ri.meul
體裁	圖畫

情境會話一

A : 어떤 남자를 좋아하세요?

o*.do*n/nam.ja.reul/jjo.a.ha.se.yo

B : 키가 크고 머리가 똑똑한 남자를 좋아해요.

ki.ga/keu.go/mo*.ri.ga/dok.do.kan/nam.ja.reul/jjo.

a.he*.yo

A：你喜歡什麼樣的男生？

B：我喜歡個子高且頭腦聰明的男生。

情境會話二

A：우리 어제 헤어졌어요.

u.ri/o*.je/he.o*.jo*.sso*.yo

B：왜 헤어졌어요?

we*/he.o*.jo*.sso*.yo

B：그가 바람을 피웠어요.

geu.ga/ba.ra.meul/pi.wo.sso*.yo

中譯二

A：我們昨天分手了。

B：為什麼分手？

A：他劈腿了。

情境會話三

A：이상형이 어떻게 돼요?

i.sang.hyo*ng.i/o*.do*.ke/dwe*.yo

B：담배 안 피고 나만 바라보는 사람이 내 이상형이에요.

dam.be*/an/pi.go/na.man/ba.ra.bo.neun/sa.ra.mi/ne*/

i.sang.hyo*ng.i.e.yo

A：可以告訴我你的理想型嗎？

B：不抽菸且只注視我一人的人是我的理想型。

詞彙－男女

남자	nam.ja 男生
여자	yo*.ja 女生
남성	nam.so*ng 男性
여성	yo*.so*ng 女性
여인	yo*.in 女人
청년	cho*ng.nyo*n 青年
선생	so*n.se*ng 先生
여사	yo*.sa 女士
사나이	sa.na.i 男子漢
여자 아이	yo*.ja a.i 小女孩

남자친구	nam.ja.chin.gu 男朋友
여자친구	yo*.ja.chin.gu 女朋友
유부남	yu.bu.nam 有婦之夫
유부녀	yu.bu.nyo* 有夫之婦
연인	yo*.nin 戀人
애인	e*.in 愛人
첫사랑	cho*t.ssa.rang 初戀
짝사랑	jjak.ssa.rang 單戀
커플	ko*.peul 情侶
커플링	ko*.peul.ling 情侶戒指
고백하다	go.be*.ka.da 告白
실연하다	si.ryo*n.ha.da 失戀

사귀다	sa.gwi.da 交往
키스하다	ki.seu.ha.da 接吻
헤어지다	he.o*.ji.da 分手
화해하다	hwa.he*.ha.da 和解
발렌타인 데이	bal.len.ta.in/de.i 情人節
삼각관계	sam.gak.gwan.gye 三角關係
바람둥이	ba.ram.dung.i 花花公子
첫눈에 반하다	cho*n.nu.ne/ban.ha.da 一見鍾情

詞彙-結婚

MP3 Track 026

약혼	ya.kon 訂婚
결혼	gyo*l.hon 結婚
재혼	je*.hon 再婚

장가가다	jang.ga.ga.da 娶
시집가다	si.jip.ga.da 嫁
결혼상대	gyo*l.hon.sang.de* 結婚對象
약혼자	ya.kon.ja 未婚夫
약혼녀	ya.kon.nyo* 未婚妻
신랑	sil.lang 新郎
신부	sin.bu 新娘
신랑 들러리	sil.lang/deul.lo*.ri 伴郎
신부 들러리	sin.bu/deul.lo*.ri 伴娘
웨딩사진	we.ding.sa.jin 婚紗照
웨딩드레스	we.ding.deu.re.seu 婚紗
결혼식	gyo*l.hon.sik 結婚典禮

웨딩케이크	we.ding.ke.i.keu 結婚蛋糕
결혼반지	gyo*l.hon.ban.ji 結婚戒指
청첩장	cho*ng.cho*p.jjang 請帖
새색시	se*.se*k.ssi 新娘
결혼상대	gyo*l.hon.sang.de* 結婚對象

詞彙一家庭

부부	bu.bu 夫婦
배우자	be*.u.ja 配偶
집사람	jip.ssa.ram 我老婆 / 內人
사돈	sa.don 親家
시댁	si.de*k 婆家
처가	cho*.ga 岳父岳母家

임신	im.sin 懷孕
아이를 낳다	a.i.reul/na.ta 生小孩
아이를 키우다	a.i.reul/ki.u.da 養小孩
갓난아기	gan.na.na.gi 嬰兒

詞彙－離婚

전남편	jo*n.nam.pyo*n 前夫
전처	jo*n.cho* 前妻
별거	byo*l.go* 分居
이혼	i.hon 離婚
불륜	ba.ra.meul/pi.u.da 外遇
협의이혼	hyo*.bui.i.hon 協議離婚
이혼 소송	i.hon/so.song 離婚訴訟

實用例句

사랑해요.

sa.rang.he*.yo

我愛你。

내 마음 속엔 너만 있다.

ne*/ma.eum/so.gen/no*.man/it.da

我心裡只有你。

넌 내 거야!

no*n/ne*/go*.ya

你是我的！

곧 당신에게 돌아 올게요.

got/dang.si.ne.ge/do.ra/ol.ge.yo

我會馬上回到你的身邊。

네가 필요해.

ni.ga/pi.ryo.he*

我需要你。

당신은 나의 전부입니다.

dang.si.neun/na.ui/jo*n.bu.im.ni.da

你是我的全部。

키가 얼마나 되죠?

ki.ga/o*l.ma.na/dwe.jyo

你的身高是多少?

置換看看

가격이	수수료가
ga.gyo*.gi	su.su.ryo.ga
價格	**手續費**
수량이	무게가
su.ryang.i	mu.ge.ga
數量	**重量**
면적이	크기가
myo*n.jo*.gi	keu.gi.ga
面積	**大小**

情境會話一

A : 키가 얼마나 되나요?

ki.ga/o*l.ma.na/dwe.na.yo

B : 제 키는 175센티미터입니다.

je/ki.neun/be*k.chil.si.bo.sen.ti.mi.to*.im.ni.da

A : 키가 큰 편이군요.

ki.ga/keun/pyo*.ni.gu.nyo

A：你的身高是多少呢？

B：我的身高是175公分。

A：你算很高呢！

情境會話二

A：그녀는 어떻게 생겼어요?

  geu.nyo*.neun/o*.do*.ke/se*ng.gyo*.sso*.yo

B：눈이 크고 날씬해요.

  nu.ni/keu.go/nal.ssin.he*.yo

中譯二

A：她長得怎麼樣？

B：眼睛大又苗條。

情境會話三

A：저녁은 안 먹어요?

  jo*.nyo*.geun/an/mo*.go*.yo

B：네 ,난 안 먹을 거예요!

  ne/nan/an/mo*.geul/go*.ye.yo

A：왜요?

  we*.yo

B：나 이제부터 살 빼기로 했거든요.

  na/i.je.bu.to*/sal/be*.gi.ro/he*t.go*.deu.nyo

A：你不吃晚餐嗎？

B：是的，我不吃！

A：為什麼？

B：我決定從現在開始要減肥了。

詞彙－外型

MP3 Track 031

외모	we.mo 外貌
몸매	mom.me* 身材
체격	che.gyo* 體格
몸집	mom.jip 體態
뼈대	byo*.de* 骨骼
안색	an.se*k 臉色
눈빛	nun.bit 眼神
키	ki 身高
키가 크다	ki.ga/keu.da 個子高

키가 작다	ki.ga/jak.da 個子矮
늙다	neuk.da 老
젊다	jo*m.da 年輕
마르다	ma.reu.da 瘦
날씬하다	nal.ssin.ha.da 苗條
뚱뚱하다	dung.dung.ha.da 胖
통통하다	tong.tong.ha.da 肥嘟嘟
섹시하다	sek.ssi.ha.da 性感
단단하다	dan.dan.ha.da 結實
튼튼하다	teun.teun.ha.da 健壯
씩씩하다	ssik.ssi.ka.da 雄赳赳的
남자답다	nam.ja.dap.da 有男子氣概的

멋지다	mo*t.jji.da 帥
잘 생기다	jal/sse*ng.gi.da 好看、漂亮
귀엽다	gwi.yo*p.da 可愛
예쁘다	ye.beu.da 漂亮
아름답다	a.reum.dap.da 美麗
못 생기다	mot/se*ng.gi.da 醜
건강하다	go*n.gang.ha.da 健康
살찌다	sal.jji.da 變胖
다이어트하다	da.i.o*.teu.ha.da 減肥

詞彙─容貌

MP3 Track 032

피부색이 하얗다	pi.bu.se*.gi/ha.ya.ta 皮膚白
피부색이 까맣다	pi.bu.se*.gi/ga.ma.ta 皮膚黑

주근깨	ju.geun.ge* 雀斑
여드름	yo*.deu.reum 青春痘
주름살	ju.reum.sal 皺紋
기미	gi.mi 黑斑
검은 점	go*.meun/jo*m 黑痣
수염	su.yo*m 鬍鬚
긴 머리	gin/mo*.ri 長髮
짧은 머리	jjal.beun/mo*.ri 短髮

實用例句

김하늘 씨가 정말 예쁘군요.

gim.ha.neul/ssi.ga/jo*ng.mal/ye.beu.gu.nyo

金荷娜真漂亮呢。

그 남자는 너무 말랐어요.

geu/nam.ja.neun/no*.mu/mal.la.sso*.yo

那個男生太瘦了。

난 뚱뚱한 여자는 별로예요.

nan/dung.dung.han/yo*.ja.neun/byo*l.lo.ye.yo

我不喜歡胖胖的女生。

우리 아빠는 배에 군살이 있어요.

u.ri/a.ba.neun/be*.e/gun.sa.ri/i.sso*.yo

我爸爸的肚子上有贅肉。

오빠는 체격이 좋습니다.

o.ba.neun/che.gyo*.gi/jo.sseum.ni.da

哥哥的體格很好。

세라 씨는 갈수록 예뻐지네요.

se.ra/ssi.neun/gal.ssu.rok/ye.bo*.ji.ne.yo

世拉你越來越漂亮了呢。

實用例句

난 이제 다이어트 해야겠어요.

nan/i.je/da.i.o*.teu/he*.ya.ge.sso*.yo

我現在該減肥了。

당신 오늘 참 멋져 보여요.

dang.sin/o.neul/cham/mo*t.jjo*/bo.yo*.yo

你今天看起來真帥。

정말 아름다우시군요.

jo*ng.mal/a.reum.da.u.si.gu.nyo

您真漂亮。

언니 몸매가 참 좋군요.

o*n.ni/mom.me*.ga/cham/jo.ku.nyo

姊姊的身材真好。

유경 씨는, 누구를 닮았어요?

yu.gyo*ng/ssi.neun//nu.gu.reul/dal.ma.sso*.yo

瑜暻，你長得像誰？

어디가 많이 닮았어요?

o*.di.ga/ma.ni/dal.ma.sso*.yo

哪裡最像呢？

그 사람은 어때요?

geu/sa.ra.meun/o*.de*.yo

那個人怎麼樣？

置換看看

인상은	날씨는
in.sang.eun	nal.ssi.neun
印象	天氣
그 곳은	학교는
geu/go.seun	hak.gyo.neun
那個地方	學校
이런 스타일은	이 아파트는
i.ro*n/seu.ta.i.reun	i/a.pa.teu.neun
這種樣式	這間公寓

情境會話一

A : 어제 만난 아가씨는 성격이 어때요?

　　o*.je/man.nan/a.ga.ssi.neun/so*ng.gyo*.gi/o*.de*.yo

B : 성격이 좋아요. 조용하고 얌전해요.

　　so*ng.gyo*.gi/jo.a.yo//jo.yong.ha.go/yam.jo*n.he*.yo

中譯一

A : 你昨天見的小姐個性如何？

B：個性很好，安靜又文靜。

情境會話二

A：박시후 씨는 성격이 좋아요?

bak.ssi.hu/ssi.neun/so*ng.gyo*.gi/jo.a.yo

B：네, 성격이 명랑하고 성실하고 여자들에게
　도 인기가 많아요.

ne//so*ng.gyo*.gi/myo*ng.nang.ha.go/so*ng.sil.ha.go/

yo*.ja.deu.re.ge.do/in.gi.ga/ma.na.yo

中譯二

A：朴施厚的個性好嗎？
B：很好，　個性明朗、老實，也很受女生歡迎。

情境會話三

A：옆 집 아줌마는 성격이 어때요?

yo*p/jip/a.jum.ma.neun/so*ng.gyo*.gi/o*.de*.yo

B：아주 친절해서 모두들 그 아줌마를 좋아해요.

a.ju/chin.jo*l.he*.so*/mo.du.deul/geu/a.jum.ma.reul/

jjo.a.he*.yo

中譯四

A：隔壁的阿姨個性如何？
B：很親切，所以大家都很喜歡那位阿姨。

성격	so*ng.gyo*k 性格
사람됨	sa.ram.dwem 人品
장점	jang.jo*m 優點
단점	dan.jo*m 缺點
적극적이다	jo*k.geuk.jjo*.gi.da 積極的
소극적이다	so.geuk.jjo*.gi.da 消極的
긍정적이다	geung.jo*ng.jo*.gi.da 肯定的
부정적이다	bu.jo*ng.jo*.gi.da 否定的
낙관적이다	nak.gwan.jo*.gi.da 樂觀的
비관적이다	bi.gwan.jo*.gi.da 悲觀的
내성적이다	ne*.so*ng.jo*.gi.da 內向的
외향적이다	we.hyang.jo*.gi.da 外向的

명랑하다	myo*ng.nang.ha.da 開朗
활발하다	hwal.bal.ha.da 活潑
상냥하다	sang.nyang.ha.da 溫柔
소박하다	so.ba.ka.da 簡樸
순수하다	sun.su.ha.da 清純
솔직하다	sol.jji.ka.da 坦率
정직하다	jo*ng.ji.ka.da 正直
친절하다	chin.jo*l.ha.da 親切
성실하다	so*ng.sil.ha.da 誠實
부지런하다	bu.ji.ro*n.ha.da 勤快
신중하다	sin.jung.ha.da 慎重
용감하다	yong.gam.ha.da 勇敢

냉정하다	ne*ng.jo*ng.ha.da 冷漠、無情
이기적이다	i.gi.jo*.gi.da 自私
게으르다	ge.eu.reu.da 懶惰
나약하다	na.ya.ka.da 懦弱
거만하다	go*.man.ha.da 驕傲
경솔하다	gyo*ng.sol.ha.da 草率
인내심이 강하다	in.ne*.si.mi/gang.ha.da 有耐心
책임감이 강하다	che*.gim.ga.mi/gang.ha.da 有責任感
입이 무겁다	i.bi/mu.go*p.da 口風緊
입이 가볍다	i.bi/ga.byo*p.da 大嘴巴
생각이 깊다	se*ng.ga.gi/gip.da 思考周詳
생각이 짧다	se*ng.ga.gi/jjap.da 思考不周詳

實用例句

최 선생님은 어떤 분이세요?

chwe.so*n.se*ng.ni.meun/o*.do*n/bu.ni.se.yo

崔老師是怎樣的人？

민정 씨는 정이 깊은 사람이에요.

min.jo*ng/ssi.neun/jo*ng.i/gi.peun/sa.ra.mi.e.yo

敏貞是深情的人。

그는 대단히 겸손한 사람입니다.

geu.neun/de*.dan.hi/gyo*m.son.han/sa.ra.mim.ni.da

他是非常謙虛的人。

아버지 성격이 너무 무서워요.

a.bo*.ji/so*ng.gyo*.gi/no*.mu/mu.so*.wo.yo

爸爸的個性很可怕。

제가 보기에 미연 씨는 아주 얌전하네요.

je.ga/bo.gi.e/mi.yo*n/ssi.neun/a.ju/yam.jo*n.ha.ne.yo

在我看來美妍很文靜。

그는 예의 없는 사람이에요.

geu.neun/ye.ui/o*m.neun/sa.ra.mi.e.yo

他是沒禮貌的人。

實用例句

그는 내성적인 편입니다.

geu.neun/ne*.so*ng.jo*.gin/pyo*.nim.ni.da

他算內向。

준수 씨는 참 재미있는 분이시군요.

jun.su/ssi.neun/cham/je*.mi.in.neun/bu.ni.si.gu.nyo

俊秀你真是有趣的人呢！

어머님의 성격은 어떠십니까?

o*.mo*.ni.mui/so*ng.gyo/geun/o*.do*.sim.ni.ga

你媽媽的個性怎麼樣？

우리 동생은 착하고 소심합니다.

u.ri/dong.se*ng.eun/cha.ka.go/so.sim.ham.ni.da

我妹妹乖巧又小心謹慎。

적극적이라고 생각합니다.

jo*k.geuk.jjo*.gi.ra.go/se*ng.ga.kam.ni.da

我認為很積極。

승현은 활발하고 유머 감각도 있어요.

seung.hyo*.neun/hwal.bal.ha.go/yu.mo*/gam.gak.do/i.sso*.yo

勝鉉很活潑，也很幽默。

韓語

單字、會話
一本搞定

한국어 단어와 회화,
이 책 한 권이면 끝!

Chapter 2

時間 與 天氣

오늘은 <u>일요일</u>이에요.

o.neu.reun/i.ryo.i.ri.e.yo

今天是<u>星期日</u>。

置換看看

월요일	목요일
wo.ryo.il	mo.gyo.il
星期一	星期四
화요일	금요일
hwa.yo.il	geu.myo.il
星期二	星期五
수요일	토요일
su.yo.il	to.yo.il
星期三	星期六

情境會話一

A : 오늘은 무슨 요일입니까?

o.neu.reun/mu.seun/yo.i.rim.ni.ga

B : 오늘은 수요일입니다.

o.neu.reun/su.yo.i.rim.ni.da

A : 오늘이 출장 가는 날이군요.

o.neu.ri/chul.jang/ga.neun/na.ri.gu.nyo

A：今天星期幾？

B：今天星期三。

A：今天是出差的日子呢！

情境會話二

A：어제 무슨 요일이었어요?

o*.je/mu.seun/yo.i.ri.o*.sso*.yo

B：어제는 금요일이었어요.

o*.je.neun/geu.myo.i.ri.o*.sso*.yo

A：큰일 났네요. 나 어제 출근을 안 했어요.

keu.nil/nan.ne.yo//na/o*.je/chul.geu.neul/an/he*.sso*.

yo

中譯二

A：昨天星期幾？

B：昨天星期五。

A：糟糕了，我昨天沒去公司上班。

情境會話三

A：준영 씨, 언제 여기에 오셨어요?

ju.nyo*ng/ssi//o*n.je/yo*.gi.e/o.syo*.sso*.yo

B：이번 주 목요일에 왔어요.

i.bo*n/ju/mo.gyo.i.re/wa.sso*.yo

A：俊英，你什麼時候來到這裡的？

B：我是這星期四來的。

詞彙一星期

MP3 Track 040

지지난 주	ji.ji.nan/ju 上上星期
다다음 주	da.da.eum/ju 下下星期
다음 주 월요일	da.eum/ju/wo.ryo.il 下周一
지난 주 화요일	ji.nan/ju/hwa.yo.il 上周二
매주	me*.ju 每周
주	ju 周 / 星期
일주일	il.ju.il 一周
이주	i.ju 二周
주말	ju.mal 周末
이번 주말	i.bo*n/ju.mal 這個周末

實用例句

그 날은 화요일이었어요.

geu/na.reun/hwa.yo.i.ri.o*.sso*.yo

那一天是星期二。

나는 토요일에 서울에 가요.

na.neun/to.yo.i.re/so*.u.re/ga.yo

我星期六要去首爾。

일요일에 박물관에 갑니다.

i.ryo.i.re/bang.mul.gwa.ne/gam.ni.da

星期日我去博物館。

주말에 뭐 했어요?

ju.ma.re/mwo/he*.sso*.yo

你周末在做什麼？

저는 매주 수요일 학원에 갑니다.

jo*.neun/me*.ju/su.yo.il/ha.gwo.ne/gam.ni.da

每周三我都去補習班。

이번 주말에 뭐 할 거예요?

i.bo*n/ju.ma.re/mwo/hal/go*.ye.yo

這個週末你要做什麼？

오늘은 십이월 이십오일입니다.

o.neu.reun/si.bi.wol/i.si.bo.ri.rim.ni.da

今天是12月25號。

置換看看

이월 십오일	시월 팔일
i.wol/si.bo.il	si.wol/pa.ril
2月15號	10月8號
사월 칠일	십일월 십이일
sa.wol/chi.ril	si.bi.rwol/si.bi.il
4月7號	11月12號
유월 육일	구월 사일
yu.wol/yu.gil	gu.wol/sa.il
6月6號	9月4號

情境會話一

A：오늘이 몇 월 며칠이에요?

　o.neu.ri/myo*t/wol/myo*.chi.ri.e.yo

B：오늘은 팔월 이십일이에요.

　o.neu.reun/pa.rwol/i.si.bi.ri.e.yo

A：제 생일이 다가오네요.

　je/se*ng.i.ri/da.ga.o.ne.yo

A：今天是幾月幾號？

B：今天是八月二十號。

A：我生日快到了呢！

A：내일이 몇 월 며칠입니까?

ne*.i.ri/myo*t/wol/myo*.chi.rim.ni.ga

B：내일은 구월 십사일입니다.

ne*.i.reun/gu.wol/sip.ssa.i.rim.ni.da

A：明天是幾月幾號？

B：明天是九月十四號。

A：그녀는 언제 미국에 갔어요?

geu.nyo*.neun/o*n.je/mi.gu.ge/ga.sso*.yo

B：그저께 미국에 갔어요.

geu.jo*.ge/mi.gu.ge/ga.sso*.yo

A：오월 오일에 미국에 갔군요.

o.wol/o.i.re/mi.gu.ge/gat.gu.nyo

A：她什麼時候去美國的？

B：前天去美國的。

A：五月五號去美國的啊！

詞彙－月份

일월	i.rwol 一月
이월	i.wol 二月
삼월	sa.mwol 三月
사월	sa.wol 四月
오월	o.wol 五月
유월	yu.wol 六月
칠월	chi.rwol 七月
팔월	pa.rwol 八月
구월	gu.wol 九月
시월	si.wol 十月

십일월	si.bi.rwol 十一月
십이월	si.bi.wol 十二月
이번 달	i.bo*n/dal 這個月
지난 달	ji.nan/dal 上個月
다음 달	da.eum/dal 下個月
지지난 달	ji.ji.nan/dal 上上個月
다다음 달	da.da.eum/dal 下下個月
월초	wol.cho 月初
월말	wol.mal 月底
한 달	han/dal 一個月

詞彙-日期　　　　　　　　　　MP3 Track 044

일일	i.ril 一號

이일	i.il 二號
삼일	sa.mil 三號
사일	sa.il 四號
오일	o.il 五號
육일	yu.gil 六號
칠일	chi.ril 七號
팔일	pa.ril 八號
구일	gu.il 九號
십일	si.bil 十號

詞彙一年

올해	ol.he* 今年
내년	ne*.nyo*n 明年

작년	jang.nyo*n 去年
재작년	je*.jang.nyo*n 前年
내후년	ne*.hu.nyo*n 後年
매년	me*.nyo*n 每年
일년	il.lyo*n 一年
연초	yo*n.cho 年初
연말	yo*n.mal 年末
윤년	yun.nyo*n 閏年

實用例句

입학 날짜는 어떻게 되나요?

i.pak/nal.jja.neun/o*.do*.ke/dwe.na.yo

請告訴我入學日期？

지금은 일월입니다.

ji.geu.meun/i.rwo.rim.ni.da

現在是一月。

다음 달 며칠에 여행을 갑니까?

da.eum/dal/myo*.chi.re/yo*.he*ng.eul/gam.ni.ga

下個月幾號去旅行？

지난 달 나는 한국에 있었어요.

ji.nan/dal/na.neun/han.gu.ge/i.sso*.sso*.yo

上個月我在韓國。

소현 씨는 언제 태어났습니까?

so.hyo*n/ssi.neun/o*n.je/te*.o*.nat.sseum.ni.ga

所炫你是什麼時候出生的？

저는 천구백구십구년 유월 사일생입니다.

jo*.neun/cho*n.gu.be*k.gu.sip.gu.nyo*n/yu.wol/sa.il.se*ng.im.ni.da

我是1999年6月4號出生的。

지금은 두시 삼십분입니다.

ji.geu.meun/du.si/sam.sip.bu.nim.ni.da

現在是兩點三十分。

置換看看

한 시 오분	아홉 시 팔분
han.si/o.bun	a.hop.ssi/pal.bun
一點五分	九點八分
세 시 사십오분	열 시 십삼분
se.si/sa.si.bo.bun	yo*l.si/sip.ssam.bun
三點四十五分	十點十三分
네 시 이십분	열두 시 오십분
ne.si/i.sip.bun	yo*l.du.si/o.sip.bun
四點二十分	十二點五十分

情境會話一

A：지금 몇 시예요?

　　ji.geum/myo*t/si.ye.yo

B：지금 다섯 시 이십오분이에요.

　　ji.geum/da.so*t/si/i.si.bo.bu.ni.e.yo

A：이미 늦었네요. 난 먼저 갈게요.

　　i.mi/neu.jo*n.ne.yo//nan/mo*n.jo*/gal.ge.yo

A：現在幾點？

B：現在五點二十五分。

A：很晚了呢！我先走了。

情境會話二

A：내일 아침에 몇 시에 일어날 거예요?

ne*.il/a.chi.me/myo*t/si.e/i.ro*.nal/go*.ye.yo

B：내일 시험이 있어서 아침 여섯 시에 일어나야 해요.

ne*.il/si.ho*.mi/i.sso*.so*/a.chim/yo*.so*t/si.e/i.ro*.na.ya/he*.yo

A：그럼 일찍 자요.

geu.ro*m/il.jjik/ja.yo

中譯二

A：你明天早上幾點幾床？

B：明天有考試，所以我早上六點要起床。

A：那早點睡吧。

情境會話三

A：영화가 몇 시에 상영됩니까?

yo*ng.hwa.ga/myo*t/si.e/sang.yo*ng.dwem.ni.ga

B：영화는 세 시부터 시작될 겁니다.

yo*ng.hwa.neun/se/si.bu.to*/si.jak.dwel/go*m.ni.da

A：電影幾點放映？

B：電影三點開始放映。

詞彙一時／分／秒　　　　　　　　　MP3 Track 048

| 한 시 | han/si |
| | 一點 |

| 두 시 | du/si |
| | 兩點 |

| 세 시 | se/si |
| | 三點 |

| 네 시 | ne/si |
| | 四點 |

| 다섯 시 | da.so*t/si |
| | 五點 |

| 여섯 시 | yo*.so*t/si |
| | 六點 |

| 일곱 시 | il.gop/si |
| | 七點 |

| 여덟 시 | yo*.do*l/si |
| | 八點 |

| 아홉 시 | a.hop/si |
| | 九點 |

| 열 시 | yo*l/si |
| | 十點 |

열한 시	yo*l.han/si 十一點
열두 시	yo*l.du/si 十二點
오 분	o.bun 五分
사십오분	sa.si.bo.bun 四十五分
세 시 반	se.si.ban 三點半
한 시간	han si.gan 一個小時
두 시간	du si.gan 兩個小時
몇 시	myo*t/si 幾點
몇 분	myo*t/bun 幾分
몇 초	myo*t/cho 幾秒

詞彙一一天時間的劃分　　　　　MP3 Track 049

새벽	se*.byo*k 清晨

아침	a.chim 早上
오전	o.jo*n 上午
정오	jo*ng.o 中午
오후	o.hu 下午
저녁	jo*.nyo*k 傍晚
낮	nat 白天
밤	bam 晚上
심야	si.mya 半夜
한밤중	han.bam.jung 午夜

實用例句

저 시계는 정확합니까?

jo*/si.gye.neun/jo*ng.hwa.kam.ni.ga

那個時鐘正確嗎?

저 시계는 좀 빠릅니다.

jo*/si.gye.neun/jom/ba.reum.ni.da

那個鐘有點快。

시계는 삼분 늦습니다.

si.gye.neun/sam.bun/neut.sseum.ni.da

手錶慢了三分鐘。

지금은 오후 네 시 팔분입니다.

ji.geu.meun/o.hu/ne.si/pal.bu.nim.ni.da

現在是下午4點 8分。

지금은 밤 열한 시입니다.

ji.geu.meun/bam/yo*l.han/si.im.ni.da

現在是晚上11點。

십분 오초가 지났습니다.

sip.bun/o.cho.ga/ji.nat.sseum.ni.da

過了10分5秒。

實用例句

이제 곧 일곱 시입니다.

i.je/got/il.gop/si.im.ni.da

馬上就要七點了。

한 시를 지났습니다.

han/si.reul/jji.nat.sseum.ni.da

過了一點。

오후 몇 시에 회의를 합니까?

o.hu/myo*t/si.e/hwe.ui.reul/ham.ni.ga

下午幾點開會？

보통 몇 시에 저녁을 먹습니까?

bo.tong/myo*t/si.e/jo*.nyo*.geul/mo*k.sseum.ni.ga

你一般幾點吃晚餐？

보통 저녁 8시에 집에 돌아갑니다.

bo.tong/jo*.nyo*k/yo*.do*p.ssi.e/ji.be/do.ra.gam.ni.da

通常晚上八點回家。

올해는 이천십삼년입니다.

ol.he*.neun/i.cho*n.sip.ssam.nyo*.nim.ni.da

今年是2013年。

날씨가 <u>더워요</u>.

nal.ssi.ga/do*.wo.yo

天氣**熱**。

置換看看

추워요	습해요
chu.wo.yo	seu.pe*.yo
冷	潮濕
좋아요	따뜻해요
jo.a.yo	da.deu.te*.yo
好	溫暖
나빠요	시원해요
na.ba.yo	si.won.he*.yo
壞	涼快

情境會話—

A : 날씨가 어때요?

　　nal.ssi.ga/o*.de*.yo

B : 좀 쌀쌀해요.

　　jom/ssal.ssal.he*.yo

中譯—

A : 天氣怎麼樣？

B：有點涼颼颼的。

情境會話二

A：지금 밖에 날씨가 어떤가요?

ji.geum/ba.ge/nal.ssi.ga/o*.do*n.ga.yo

B：지금 밖에 비가 오고 있어요.

ji.geum/ba.ge/bi.ga/o.go/i.sso*.yo

A：어떡해요? 나 우산을 안 가져 왔는데요.

o*.do*.ke*.yo//na/u.sa.neul/an/ga.jo*/wan.neun.de.yo

中譯二

A：現在外面天氣怎麼樣？
B：現在外面在下雨。
A：怎麼辦？我沒帶雨傘來。

情境會話三

A：일기예보에서 뭐라고 했어요?

il.gi.ye.bo.e.so*/mwo.ra.go/he*.sso*.yo

B：밤에는 기온이 내려가서 한 12도쯤 될 거라
고 했어요.

ba.me.neun/gi.o.ni/ne*.ryo*.ga.so*/han/si.bi.do.jjeum/

dwel/go*.ra.go/he*.sso*.yo

中譯三

A：天氣預報説什麼？

B：說晚上氣溫會下降，大概到12度左右。

詞彙一天氣

날씨	nal.ssi 天氣
춥다	chup.da 冷的
덥다	do*p.da 熱的
따뜻하다	da.deu.ta.da 溫暖的
시원하다	si.won.ha.da 涼快的
쌀쌀하다	ssal.ssal.ha.da 冷颼颼的
무덥다	mu.do*p.da 悶熱的
바람	ba.ram 風
눈	nun 雪
비	bi 雨
먹구름	mo*k.gu.reum 烏雲

번개	bo*n.ge* 閃電
천둥	cho*n.dung 雷
구름	gu.reum 雲
햇빛	he*t.bit 陽光
안개	an.ge* 霧
가랑비	ga.rang.bi 毛毛雨
소나기	so.na.gi 雷陣雨
맑은 날	mal.geun/nal 晴天
흐린 날	heu.rin/nal 陰天

詞彙－氣象

| 일기예보 | il.gi.ye.bo
 天氣預報 |
| 최고기온 | chwe.go.gi.on
 最高氣溫 |

최저기온	chwe.jo*.gi.on 最低氣溫
강수량	gang.su.ryang 降水量
강설량	gang.so*l.lyang 降雪量
호우주의보	ho.u.ju.ui.bo 豪雨特報
강수 확률	gang.su/hwang.nyul 降雨機率
기온	gi.on 氣溫
섭씨	so*p.ssi 攝氏
화씨	hwa.ssi 華氏
맑음	mal.geum 晴天
흐림	heu.rim 陰天
한대	han.de* 寒帶
온대	on.de* 溫帶

열대	yo*l.de* 熱帶
아열대	a.yo*l.de* 亞熱帶
영하	yo*ng.ha 零下
고기압	go.gi.ap 高氣壓
저기압	jo*.gi.ap 低氣壓
계절풍	gye.jo*l.pung 季風
자외선	ja.we.so*n 紫外線
건조	go*n.jo 乾燥
습기	seup.gi 濕氣
습도	seup.do 濕度
풍력	pung.nyo*k 風力
풍향	pung.hyang 風向

북극	buk.geuk 北極
남극	nam.geuk 南極
적도	jo*k.do 赤道
기상대	gi.sang.de* 氣象台

詞彙－自然現象　　　　　MP3 Track 055

밀물	mil.mul 漲潮
썰물	sso*l.mul 退潮
물결	mul.gyo*l 海浪
석양	so*.gyang 夕陽
저녁 노을	jo*.nyo*k/no.eul 晚霞
황혼	hwang.hon 黃昏
무지개	mu.ji.ge* 彩虹

| 오로라 | o.ro.ra
極光 |
| 천둥 소리 | cho*n.dung/so.ri
雷聲 |

지진	ji.jin 地震
홍수	hong.su 洪水
가뭄	ga.mum 乾旱
수해	su.he* 水災
폭풍	pok.pung 暴風
장마	jang.ma 梅雨
태풍	te*.pung 颱風
폭설	pok.sso*l 暴雪
허리케인	ho*.ri.ke.in 颶風

實用例句

오늘 날씨가 어떻습니까?

o.neul/nal.ssi.ga/o*.do*.sseum.ni.ga

今天的天氣如何？

오늘은 덥지 않습니다.

o.neu.reun/do*p.jji/an.sseum.ni.da

今天不熱。

오늘은 눈이 옵니다.

o.neu.reun/nu.ni/om.ni.da

今天下雪。

오늘은 정말 춥군요, 그렇죠?

o.neu.reun/jo*ng.mal/chup.gu.nyo//geu.ro*.chyo

今天真冷，對吧？

정말 덥군요.

jo*ng.mal/do*p.gu.nyo

真熱呀！

저는 추운 날씨가 싫어요.

jo*.neun/chu.un/nal.ssi.ga/si.ro*.yo

我討厭冷的天氣。

實用例句

시원한 날씨가 좋습니다.

si.won.han/nal.ssi.ga/jo.sseum.ni.da

我喜歡涼爽的天氣。

오늘은 맑은 날씨입니다.

o.neu.reun/mal.geun/nal.ssi.im.ni.da

今天天氣晴朗。

내일 비가 올 것 같아요.

ne*.il/bi.ga/ol/go*t/ga.ta.yo

明天好像會下雨。

오늘 참 좋은 날씨입니다.

o.neul/cham/jo.eun/nal.ssi.im.ni.da

今天真是個好天氣。

날씨가 점점 좋아졌습니다.

nal.ssi.ga/jo*m.jo*m/jo.a.jo*t.sseum.ni.da

天氣漸漸變好了。

어제 밤에 첫눈이 내렸습니다.

o*.je/ba.me/cho*n.nu.ni/ne*.ryo*t.sseum.ni.da

昨天晚上下了第一場雪。

實用例句

어제는 비가 내렸습니까?

o*.je.neun/bi.ga/ne*.ryo*t.sseum.ni.ga

昨天下雨了嗎？

이곳 날씨는 매우 춥고 건조합니다.

i.got/nal.ssi.neun/me*.u/chup.go/go*n.jo.ham.ni.da

這裡的天氣很冷又乾燥。

12월이 지나면 날씨가 점점 추워집니다.

si.bi.wo.ri/ji.na.myo*n/nal.ssi.ga/jo*m.jo*m/chu.wo.jim.ni.da

過了12月後，天氣會漸漸變冷。

오늘 기온은 몇 도입니까?

o.neul/gi.o.neun/myo*t/do.im.ni.ga

今天氣溫幾度？

오늘은 섭씨 30도입니다.

o.neu.reun/so*p.ssi/sam.sip.do.im.ni.da

今天攝氏30度。

다음 주는 날씨가 좋아질지 모르겠어요.

da.eum/ju.neun/nal.ssi.ga/jo.a.jil.ji/mo.reu.ge.sso*.yo

不知道下個星期天氣會不會變好。

봄이 다가왔습니다.

bo.mi/da.ga.wat.sseum.ni.da

春天到了。

置換看看

여름이	설날이
yo*.reu.mi	so*.l.la.ri
夏天	春節
가을이	크리스마스가
ga.eu.ri	keu.ri.seu.ma.seu.ga
秋天	聖誕節
겨울이	대통령 선거가
gyo*.u.ri	de*.tong.nyo*ng/so*n.go*.ga
冬天	總統選舉

情境會話一

A : 무슨 계절을 좋아합니까?

mu.seun/gye.jo*.reul/jjo.a.ham.ni.ga

B : 저는 봄과 가을을 좋아합니다.

jo*.neun/bom.gwa/ga.eu.reul/jjo.a.ham.ni.da

中譯一

A : 你喜歡什麼季節？

B：我喜歡春天和秋天。

情境會話二

A：왜 겨울을 좋아합니까?

we*/gyo*.u.reul/jjo.a.ham.ni.ga

B：겨울에 눈이 와서 친구들이랑 눈싸움을 할
수 있으니까요.

gyo*.u.re/nu.ni/wa.so*/chin.gu.deu.ri.rang/nun.ssa.u.

meul/hal/ssu/i.sseu.ni.ga.yo

中譯二

A：你為什麼喜歡冬天呢？
B：因為冬天會下雪，可以和朋友們一起打雪戰。

情境會話三

A：봄이 오면 보통 뭐 해요?

bo.mi/o.myo*n/bo.tong/mwo/he*.yo

B：가족들과 같이 벚꽃을 구경하러 가요.

ga.jok.deul.gwa/ga.chi/bo*t.go.cheul/gu.gyo*ng.ha.ro*/

ga.yo

中譯三

A：春天來臨時你通常會做什麼？
B：我會和家人們一起去賞櫻花。

사계절	sa.gye.jo*l 四季
이십사절기	i.sip.ssa.jo*l.gi 二十四節氣
입춘	ip.chun 立春
춘분	chun.bun 春分
입하	i.pa 立夏
하지	ha.ji 夏至
입추	ip.chu 立秋
추분	chu.bun 秋分
입동	ip.dong 立冬
동지	dong.ji 冬至
춘하추동	chun.ha.chu.dong 春夏秋冬
꽃샘추위	got.sse*m.chu.wi 春寒

한파	han.pa 寒流
봄 나들이	bom/na.deu.ri 踏青
꽃이 피다	go.chi/pi.da 花開
꽃이 시들다	go.chi/si.deul.da 花謝
새싹이 돋다	se*.ssa.gi/dot.da 長新芽
단풍이 들다	dan.pung.i/deul.da 楓紅
벗꽃을 구경하다	bo*t.go.cheul/gu.gyo*ng.ha.da 賞櫻花
단풍을 구경하다	dan.pung.eul/gu.gyo*ng.ha.da 賞楓葉

實用例句

봄의 경치는 참 아름답습니다.

bo.mui/gyo*ng.chi.neun/cham/a.reum.dap.sseum.ni.da

春天的風景很美。

가을 날씨는 아주 시원합니다.

ga.eul/nal.ssi.neun/a.ju/si.won.ham.ni.da

秋天的天氣很涼爽。

사계절은 봄, 여름, 가을, 겨울로 나뉩니다.

sa.gye.jo*.reun/bom/yo*.reum/ga.eul/gyo*.ul.lo/na.nwim.ni.da

四個季節分為春天、夏天、秋天、冬天。

대만은 여름에 에어컨이 없으면 아주 덥습니다.

de*.ma.neun/yo*.reu.me/e.o*.ko*.ni/o*p.sseu.myo*n/a.ju/do*p.

sseum.ni.da

台灣夏天如果沒有冷氣的話，會很熱。

일요일에 단풍 구경을 갈까요?

i.ryo.i.re/dan.pung/gu.gyo*ng.eul/gal.ga.yo

星期日要不要去賞楓葉？

오늘은 설날이에요.

o.neu.reun/so*l.la.ri.e.yo

今天是過年。

置換看看

대보름	한글날
de*.bo.reum	han.geul.lal
元宵	**韓文節**
추석	스승의 날
chu.so*k	seu.seung.ui/nal
中秋節	**教師節**
단오절	어린이날
da.no.jo*l	o*.ri.ni.nal
端午節	**兒童節**

情境會話一

A : 한국에서 가장 큰 명절은 뭐예요?

han.gu.ge.so*/ga.jang/keun/myo*ng.jo*.reun/mwo.
ye.yo

B : 한국에서 가장 큰 명절은 설날과 추석이에요.

han.gu.ge.so*/ga.jang/keun/myo*ng.jo*.reun/so*l.lal.
gwa/chu.so*.gi.e.yo

A：韓國最大的節日是什麼？

B：韓國最大的節日是春節和中秋。

A：오늘 무슨 날인지 알아요?

o.neul/mu.seun/na.rin.ji/a.ra.yo

B：무슨 날인데요?

mu.seun/na.rin.de.yo

A：오늘은 추석이에요. 우리도 송편을 먹어야죠.

o.neu.reun/chu.so*.gi.e.yo//u.ri.do/song.pyo*.neul/

mo*.go*.ya.jyo

A：你知道今天是什麼日子嗎？

B：是什麼日子？

A：今天是中秋節。我們也要吃松糕才行。

A：설날에는 한국 사람들은 무엇을 먹습니까?

so*l.la.re.neun/han.guk/sa.ram.deu.reun/mu.o*.seul/

mo*k.sseum.ni.ga

B：설날에 한국 사람들은 떡국을 먹습니다.

so*l.la.re/han.guk/sa.ram.deu.reun/do*k.gu.geul/mo*k.

sseum.ni.da

A：春節的時候韓國人會吃什麼？

B：春節的時候韓國人會吃年糕湯。

詞彙－節日　　　　　　　　　　　MP3 Track 064

개천절	ge*.cho*n.jo*l 開天節
제헌절	je.ho*n.jo*l 制憲節
광복절	gwang.bok.jjo*l 光復節
식목일	sing.mo.gil 植木節
삼일절	sa.mil.jo*l 三一節
부활절	bu.hwal.jo*l 復活節
어버이날	o*.bo*.i.nal 父母節
현충일	hyo*n.chung.il 顯忠日
석가탄신일	so*k.ga.tan.si.nil 佛誕日
국군의 날	guk.gu.nui/nal 軍人節

實用例句

추석에 특별한 음식도 먹나요?

chu.so*.ge/teuk.byo*l.han/eum.sik.do/mo*ng.na.yo

中秋節會吃什麼特別的飲食嗎?

오늘이 무슨 명절입니까?

o.neu.ri/mu.seun/myo*ng.jo*.rim.ni.ga

今天是什麼節日?

부모님께 세배 드렸어요.

bu.mo.nim.ge/se.be*/deu.ryo*.sso*.yo

向父母拜年了。

새해에 사람들은 무엇을 합니까?

se*.he*.e/sa.ram.deu.reun/mu.o*.seul/ham.ni.ga

新年的時候,人們會做什麼?

이 날에 무슨 경축행사를 합니까?

i/na.re/mu.seun/gyo*ng.chu.ke*ng.sa.reul/ham.ni.ga

這一天會有什麼慶祝儀式呢?

새해 복 많이 받으십시오.

se*.he*/bok/ma.ni/ba.deu.sip.ssi.o

新年快樂!

NOTE
BOOK

韓語

單字、會話
一本搞定
한국어 단어와 회화,
이 책 한 권이면 끝!

Chapter 3

運動 與 休閒

저는 매일 운동을 합니다.

jo*.neun/me*.il/un.dong.eul/ham.ni.da

我每天運動。

置換看看

수영을	낚시를
su.yo*ng.eul	nak.ssi.reul
游泳	釣魚
조깅을	청소를
jo.ging.eul	cho*ng.so.reul
慢跑	打掃
댄스를	체조를
de*n.seu.reul	che.jo.reul
跳舞	做體操

情境會話一

A : 같이 농구 하러 갈까요?

ga.chi/nong.gu/ha.ro*/gal.ga.yo

B : 좋아요. 언제요?

jo.a.yo//o*n.je.yo

A : 이번 주 일요일이에요.

i.bo*n/ju/i.ryo.i.ri.e.yo

A：要不要一起去打籃球？

B：好啊，什麼時候？

A：這個星期日。

A：제일 좋아하는 운동은 뭐예요?

je.il/jo.a.ha.neun/un.dong.eun/mwo.ye.yo

B：나는 등산을 제일 좋아해요. 준영 씨는요?

na.neun/deung.sa.neul/jje.il/jo.a.he*.yo//ju.nyo*ng/ssi.neu.nyo

A：나는 테니스 치는 것을 제일 좋아해요.

na.neun/te.ni.seu/chi.neun/go*.seul/jje.il/jo.a.he*.yo

A：你最喜歡的運動是什麼？

B：我最喜歡爬山。俊英你呢？

A：我最喜歡打網球。

A：어디 가요?

o*.di/ga.yo

B：운동하러 운동장에 가요.

un.dong.ha.ro*/un.dong.jang.e/ga.yo

A：같이 가요. 나도 살 좀 빼려고요.

ga.chi/ga.yo//na.do/sal/jjom/be*.ryo*.go.yo

中譯三

A：你要去哪裡？

B：我要去運動場運動。

A：一起去吧。我也要減肥。

詞彙一球類運動

MP3 Track 067

테니스	te.ni.seu 網球
골프	gol.peu 高爾夫球
배드민턴	be*.deu.min.to*n 羽毛球
탁구	tak.gu 桌球
당구	dang.gu 撞球
배구	be*.gu 排球
볼링	bol.ling 保齡球
농구	nong.gu 籃球

| 야구 | ya.gu
棒球 |
| 축구 | chuk.gu
足球 |

詞彙－游泳

수영	su.yo*ng 游泳
수영장	su.yo*ng.jang 游泳池
바닷가	ba.dat.ga 海邊
수영복	su.yo*ng.bok 泳裝
평영	pyo*ng.yo*ng 蛙式
배영	be*.yo*ng 仰式
자유형	ja.yu.hyo*ng 自由式
접영	jo*.byo*ng 蝶式
수중 발레	su.jung.bal.le 水中芭雷

| 수영 선수 | su.yo*ng/so*n.su
游泳選手 |

사교 댄스	sa.gyo/de*n.seu 社交舞
에어로빅	e.o*.ro.bik 健身操
보디 빌딩	bo.di/bil.ding 健身運動
수상 스포츠	su.sang/seu.po.cheu 水上運動
스케이팅	seu.ke.i.ting 溜冰
스키	seu.ki 滑雪
파도타기	pa.do.ta.gi 沖浪
검도	go*m.do 劍道
승마	seung.ma 騎馬
경보	gyo*ng.bo 競走

사이클링	sa.i.keul.ling 騎自行車
줄넘기	jul.lo*m.gi 跳繩
무술	mu.sul 武術
공수도	gong.su.do 空手道
씨름	ssi.reum 摔跤
합기도	hap.gi.do 合氣道
태권도	te*.gwon.do 跆拳道
태극권	te*.geuk.gwon 太極拳
유도	yu.do 柔道
복싱	bok.ssing 拳擊

實用例句

무슨 운동을 좋아하세요?

mu.seun/un.dong.eul/jjo.a.ha.se.yo

你喜歡什麼運動？

저는 운동하는 것을 좋아합니다.

na.neun/un.dong.eul/jjal/ha.ji/mo.te*.yo

我喜歡運動。

나는 축구를 좋아하지만 잘하지 못해요.

na.neun/chuk.gu.reul/jjo.a.ha.ji.man/jal.ha.ji/mo.te*.yo

我喜歡足球，但踢得不好。

나는 운동할 시간이 없어요.

na.neun/un.dong.hal/ssi.ga.ni/o*p.sso*.yo

我沒有時間運動。

저는 신체 단련을 위해 운동을 합니다.

jo*.neun/sin.che/dal.lyo*.neul/wi.he*/un.dong.eul/ham.ni.da

我為了鍛鍊身體而運動。

무슨 운동을 주로 하세요?

mu.seun/un.dong.eul/jju.ro/ha.se.yo

你主要做什麼運動呢？

實用例句

나는 운동을 잘 하지 못해요.

na.neun/un.dong.eul/jjal/ha.ji/mo.te*.yo

我不太會運動。

저는 수영을 잘합니다.

u.ri/deung.sa.ni.na/gap.ssi.da

我很會游泳。

나는 매일 헬스클럽에 가서 운동해요.

na.neun/me*.il/hel.seu.keul.lo*.be/ga.so*/un.dong.he*.yo

我每天去健身房運動。

우리 등산이나 갑시다.

u.ri/deung.sa.ni.na/gap.ssi.da

我們去爬山吧。

우리 해변에 수영하러 갑시다.

u.ri/he*.byo*.ne/su.yo*ng.ha.ro*/gap.ssi.da

我們去海邊游泳吧。

저 사람 참 빨리 헤엄치는군요.

jo*/sa.ram/cham/bal.li/he.o*m.chi.neun.gu.nyo

那個人游得真快！

칠대육으로 우리가 이겼어요.

chil.de*.yu.geu.ro/u.ri.ga/i.gyo*.sso*.yo

我們以7比6獲勝了。

置換看看

이대일로	육대오로
i.de*.il.lo	yuk.de*.o.ro
2比1	6比5
오대삼으로	구대팔로
o.de*.sa.meu.ro	gu.de*.pal.lo
5比3	9比8
삼대이로	사대이로
sam.de*.i.ro	sa.de*.i.ro
3比2	4比2

情境會話一

A : 지연 씨는 어느 쪽을 응원해요?

　　ji.yo*n/ssi.neun/o*.neu/jjo.geul/eung.won.he*.yo

B : 나는 준영 씨가 응원하지 않는 쪽을 응원할

　　거예요.

　　na.neun/ju.nyo*ng/ssi.ga/eung.won.ha.ji/an.neun/jjo.

　　geul/eung.won.hal/go*.ye.yo

A : 그럼 우리 적이 되는 거네요.

geu.ro*m/u.ri/jo*.gi/dwe.neun/go*.ne.yo

A：智研你為哪一隊加油？

B：我要為俊英你不支持的那一隊加油。

A：那我們就變成敵人囉！

情境會話二

A：시합 결과는 어떻게 됐죠?

　　si.hap/gyo*l.gwa.neun/o*.do*.ke/dwe*t.jjyo

B：당연히 우리 팀이 이겼죠.

　　dang.yo*n.hi/u.ri/ti.mi/i.gyo*t.jjyo

A：정말요? 잘 됐어요.

　　jo*ng.ma.ryo//jal/dwe*.sso*.yo

情境會話二

A：比賽的結果怎麼樣了？

B：當然是我們的隊贏了。

A：真的嗎？太好了。

情境會話三

A：어제 축구 경기 봤어요?

　　o*.je/chuk.gu/gyo*ng.gi/bwa.sso*.yo

B：아직이요. 이따가 재방송을 볼 거예요.

　　a.ji.gi.yo//i.da.ga/je*.bang.song.eul/bol/go*.ye.yo

A：你昨天有看足球比賽嗎？

B：還沒，等一下我要看重播。

詞彙一比賽

MP3 Track 073

시합	si.hap 比賽
경기	gyo*ng.gi 比賽
승부	seung.bu 勝負
무승부	mu.seung.bu 無勝負
전반전	jo*n.ban.jo*n 前半場
후반전	hu.ban.jo*n 後半場
연장전	yo*n.jang.jo*n 延長賽
올림픽	ol.lim.pik 奧林匹克
코치	ko.chi 教練
선수	so*n.su 選手

후보 선수	hu.bo/so*n.su 候補選手
대표	de*.pyo 代表
보결	bo.gyo*l 後補
기록	gi.rok 記錄
반칙	ban.chik 犯規
판정	pan.jo*ng 判定
시상식	si.sang.sik 頒獎典禮
팀	tim 隊伍
응원하다	eung.won.ha.da 加油 / 應援
등번호	deung.bo*n.ho 背號

詞彙一輸贏

MP3 Track 074

이기다	i.gi.da 贏

지다	ji.da 輸
비기다	bi.gi.da 打成平手
금메달	geum.me.dal 金牌
은메달	eun.me.dal 銀牌
동메달	dong.me.dal 銅牌
우승컵	u.seung.ko*p 獎杯
예선	ye.so*n 預賽
결승	gyo*l.seung 決賽
패자 부활전	pe*.ja/bu.hwal.jo*n 敗部復活賽

實用例句

시합은 볼만 했어요?

si.ha.beun/bol.man/he*.sso*.yo

比賽有意思嗎？

저는 농구 팀의 후보 선수입니다.

jo*.neun/nong.gu/ti.mui/hu.bo/so*n.su.im.ni.da

我是籃球隊的候補選手。

경기가 몇 시에 시작됩니까?

gyo*ng.gi.ga/myo*t/si.e/si.jak.dwem.ni.ga

比賽幾點開始？

한국과 일본의 야구 경기는 졌습니다.

han.guk.gwa/il.bo.nui/ya.gu/gyo*ng.gi.neun/jo*t.sseum.ni.da

韓國和日本的棒球比賽輸了。

그는 훌륭한 야구 선수가 될 겁니다.

geu.neun/hul.lyung.han/ya.gu/so*n.su.ga/dwel/go*m.ni.da

他會成為很優秀的棒球選手。

그 팀이 간신히 그 경기에서 이겼어요.

geu/ti.mi/gan.sin.hi/geu/gyo*ng.gi.e.so*/i.gyo*.sso*.yo

那支隊伍在那個比賽中勉強獲勝了。

實用例句

그 축구 팀은 가망이 없어요.

geu/chuk.gu/ti.meun/ga.mang.i/o*p.sso*.yo

那支足球隊沒有希望了。

배구 경기는 언제 열릴 겁니까?

be*.gu/gyo*ng.gi.neun/o*n.je/yo*l.lil/go*m.ni.ga

排球比賽什麼時候舉行？

그 선수가 일등을 했어요.

geu/so*n.su.ga/il.deung.eul/he*.sso*.yo

那個選手得第一名了。

경기는 어떻게 돼 가고 있어요?

gyo*ng.gi.neun/o*.do*.ke/dwe*/ga.go/i.sso*.yo

比賽進行得怎麼樣了？

그 경기 어느 선수가 이겼죠?

geu/gyo*ng.gi/o*.neu/so*n.su.ga/i.gyo*t.jjyo

那場比賽是哪一位選手獲勝？

김 선수가 드디어 결승전에 진출했어요.

gim/so*n.su.ga/deu.di.o*/gyo*l.seung.jo*.ne/jin.chul.he*.sso*.yo

金選手終於打入決賽了。

MP3 Track 077

제 취미는 우표 수집입니다.

je/chwi.mi.neun/u.pyo/su.ji.bim.ni.da

我的興趣是收集郵票。

置換看看

영화 감상	쇼핑
yo*ng.hwa/gam.sang	syo.ping
看電影	**購物**
음악 감상	독서
eu.mak/gam.sang	dok.sso*
聽音樂	**讀書**
장기 두기	여행
jang.gi/du.gi	yo*.he*ng
下象棋	**旅行**

情境會話一

A : 취미가 뭐예요?

　　chwi.mi.ga/mwo.ye.yo

B : 독서가 내 취미예요.

　　dok.sso*.ga/ne*/chwi.mi.ye.yo

A : 나와 취미가 같네요.

　　na.wa/chwi.mi.ga/gan.ne.yo

A：你的興趣是什麼？

B：看書是我的興趣。

A：你的興趣和我一樣呢！

情境會話二

A：제 취미는 외국어 배우기예요.

　　je/chwi.mi.neun/we.gu.go*/be*.u.gi.ye.yo

B：무슨 외국어를 배우고 있나요?

　　mu.seun/we.gu.go*.reul/be*.u.go/in.na.yo

A：지금은 영어와 한국어를 배우고 있어요.

　　ji.geu.meun/yo*ng.o*.wa/han.gu.go*.reul/be*.u.go/
　　i.sso*.yo

中譯二

A：我的興趣是學習外國語。

B：你在學習什麼外國語呢？

A：我現在在學英語和韓國語。

情境會話三

A：시간이 있으면 보통 뭐 해요?

　　si.ga.ni/i.sseu.myo*n/bo.tong/mwo/he*.yo

B：난 시간이 있으면 테니스 치러 가요.

　　nan/si.ga.ni/i.sseu.myo*n/te.ni.seu/chi.ro*/ga.yo

A：테니스를 많이 좋아하는군요.

te.ni.seu.reul/ma.ni/jo.a.ha.neun.gu.nyo

中譯三

A：有時間的話，你一般會做什麼？

B：我有時間的話，我會去打網球。

A：你很喜歡打網球呢！

詞彙－其他興趣

MP3 Track 078

여행하기	yo*.he*ng.ha.gi 旅行
쇼핑하기	syo.ping.ha.gi 購物
게임하기	ge.im.ha.gi 玩遊戲
사진 찍기	sa.jin/jjik.gi 拍照
춤추기	chum.chu.gi 跳舞
기타 치기	gi.ta/chi.gi 彈吉他
콘서트 가기	kon.so*.teu/ga.gi 聽演唱會
드라마 보기	deu.ra.ma/bo.gi 看連續劇

實用例句

제 취미는 텔레비전 보기예요.

je/chwi.mi.neun/tel.le.bi.jo*n/bo.gi.ye.yo

我的興趣是看電視。

여가 시간에 뭘 하기를 좋아합니까?

yo*.ga/si.ga.ne/mwol/ha.gi.reul/jjo.a.ham.ni.ga

閒暇時間您喜歡做什麼事？

혹시 취미가 있으세요?

hok.ssi/chwi.mi.ga/i.sseu.se.yo

請問您有什麼興趣嗎？

저는 취미가 많습니다.

jo*.neun/chwi.mi.ga/man.sseum.ni.da

我的興趣很多。

나 요즘 컴퓨터 게임에 푹 빠져 있어요.

na/yo.jeum/ko*m.pyu.to*/ge.i.me/puk/ba.jo*/i.sso*.yo

我最近愛上玩電腦遊戲了。

내 취미 중 하나는 요리하는 거예요.

ne*/chwi.mi/jung/ha.na.neun/yo.ri.ha.neun/go*.ye.yo

我的其中一樣興趣是做菜。

實用例句

공부가 내 취미예요.

gong.bu.ga/ne*/chwi.mi.ye.yo

讀書是我的興趣。

저 피아노 치는 거 좋아해요.

jo*/pi.a.no/chi.neun/go*/jo.a.he*.yo

我喜歡彈鋼琴。

나는 사진 찍는 게 진짜 좋아요.

na.neun/sa.jin/jjing.neun/ge/jin.jja/jo.a.yo

我真的很喜歡拍照。

난 하루종일 집에 있는 게 좋아요.

nan/ha.ru.jong.il/ji.be/in.neun/ge/jo.a.yo

我喜歡一整天都待在家。

저는 한 달에 두 번 농구 하러 갑니다.

jo*.neun/han/da.re/du/bo*n/nong.gu/ha.ro*/gam.ni.da

我一個月會去打兩次籃球。

제 취미는 빵을 만드는 것입니다.

je/chwi.mi.neun/bang.eul/man.deu.neun/go*.sim.ni.da

我的興趣是做麵包。

實用例句

저는 만화책 보는 것을 좋아합니다.

jo*.neun/man.hwa.che*k/bo.neun/go*.seul/jjo.a.ham.ni.da

我喜歡看漫畫。

주말에는 저는 보통 등산을 갑니다.

ju.ma.re.neun/jo*.neun/bo.tong/deung.sa.neul/gam.ni.da

週末我一般會去爬山。

나는 새로운 것에 도전하는 것을 즐겨요.

na.neun/se*.ro.un/go*.se/do.jo*.n.ha.neun/go*.seul/jjeul.gyo*.yo

我喜歡挑戰新事物。

나는 취미가 없어요.

na.neun/chwi.mi.ga/o*p.sso*.yo

我沒有什麼興趣。

저는 야구 관람을 좋아해요.

jo*.neun/ya.gu/gwal.la.meul/jjo.a.he*.yo

我喜歡看棒球賽。

저는 서예에 관심이 없어요.

jo*.neun/so*.ye.e/gwan.si.mi/o*p.sso*.yo

我對書法沒興趣。

우리 낚시하러 갈까요?

u.ri/nak.ssi/ha.ro*/gal.ga.yo

我們去<u>釣魚</u>好嗎？

置換看看

볼링 치러 bol.ling/chi.ro* **打保齡球**	옷 사러 ot/sa.ro* **買衣服**
술 마시러 sul/ma.si.ro* **喝酒**	산책하러 san.che*.ka.ro* **散步**
치킨 먹으러 chi.kin/mo*.geu.ro* **吃炸雞**	운동하러 un.dong.ha.ro* **運動**

情境會話一

A : 한가할 때 보통 뭘 하세요?

han.ga.hal/de*/bo.tong/mwol/ha.se.yo

B : 보통 집에서 요리를 해요.

bo.tong/ji.be.so*/yo.ri.reul/he*.yo

A : 어쩐지 요리 솜씨가 이렇게 훌륭하세요.

o*.jjo*n.ji/yo.ri/som.ssi.ga/i.ro*.ke/hul.lyung.ha.se.yo

A：空閒的時候，你一般會做些什麼呢？

B：一般都在家做菜。

A：難怪料理的手藝那麼好。

情境會話二

A：나한테 음악회 입장권 두 장 있는데 같이 갈
래요?

na.han.te/eu.ma.kwe/ip.jjang.gwon/du/jang/in.neun.

de/ga.chi/gal.le*.yo

B：좋아요. 갈래요.

jo.a.yo//gal.le*.yo

中譯二

A：我有兩張音樂會的入場券要不要一起去？

B：好啊！我要去。

情境會話三

A：요즘 할 일이 없어서 따분해요.

yo.jeum/hal/i.ri/o*p.sso*.so*/da.bun.he*.yo

B：그럼 나랑 같이 사진 동호회에 가입하는 게
어때요?

geu.ro*m/na.rang/ga.chi/sa.jin/dong.ho.hwe.e/ga.i.pa.

neun/ge/o*.de*.yo

A：最近沒事可做好無聊。

B：那和我一起加入拍照同好會如何？

詞彙－室內休閒

MP3 Track 083

바둑을 두다	ba.du.geul/du.da 下圍棋
장기를 두다	jang.gi.reul/du.da 下象棋
카드 게임	ka.deu/ge.im 紙牌遊戲
인터넷 게임	in.to*.net/ge.im 網路遊戲
카드놀이를 하다	ka.deu.no.ri.reul/ha.da 玩牌
밴드 연주	be*n.deu/yo*n.ju 樂團演奏
화투	hwa.tu 韓國花牌
마작	ma.jak 麻將
우노	u.no UNO牌
포커	po.ke 撲克牌

퍼즐	po*.jeul 拼圖
연극	yo*n.geuk 戲劇 / 話劇
전시회	jo*n.si.hwe 展覽會
서커스	so*.ko*.seu 馬戲團
음악회	eu.ma.kwe 音樂會
콘서트	kon.so*.teu 演唱會
연주회	yo*n.ju.hwe 演奏會
동아리	dong.a.ri (大學) 社團
동호회	dong.ho.hwe 同好會
모임	mo.im 聚會

詞彙－戶外休閒

MP3 Track 084

캠프	ke*m.peu 露營

바비큐	ba.bi.kyu 烤肉
물놀이	mul.lo.ri 玩水
불꽃놀이	bo*t.gon.no.ri 放煙火
단풍놀이	dan.pung.no.ri 賞楓葉
소풍	so.pung 郊遊
피크닉	pi.keu.nik 野餐
하이킹	ha.i.king 遠足
해수욕	he*.su.yok 海水浴
스쿠버 다이빙	seu.ku.bo*/da.i.bing 潛水
배낭여행	be*.nang.yo*.he*ng 背包旅行
드라이브	deu.ra.i.beu 開車兜風
새 관찰하기	se*/gwan.chal.ha.gi 賞鳥

수상 스포츠	su.sang/seu.po.cheu 水上活動
팽이를 돌리다	pe*ng.i.reul/dol.li.da 玩陀螺
연을 날리다	yo*.neul/nal.li.da 放風箏
철봉을 하다	cho*l.bong/eul.ha.da 玩單槓
원반을 던지다	won.ba.neul/do*n.ji.da 丟飛盤
숨바꼭질	sum.ba.gok.jjil 躲貓貓
줄다리기	jul.da.ri.gi 拔河

實用例句

나는 휴일에 여기저기 놀러 가기를 좋아해요.

na.neun/hyu.i.re/yo*.gi.jo*.gi/nol.lo*/ga.gi/reul/jjo.a.he*.yo

我休假喜歡到處去玩。

할 일이 없으면 우린 드라이브 하러 갑시다.

hal/i.ri/o*p.sseu.myo*n/u.rin/deu.ra.i.beu/ha.ro*/gap.ssi.da

如果沒什麼事，我們開車去兜風吧。

그림 전시회가 있는데 같이 보러 갑시다.

geu.rim/jo*n.si.hwe.ga/in.neun.de/ga.chi/bo.ro*/gap.ssi.da

有畫展，我們一起去看吧！

여름 방학이 곧 다가오는데 어디로 놀러 갈 예정인가
요?

yo*.reum/bang.ha.gi/got/da.ga.o.neun.de/o*.di.ro/nol.lo*/gal/

ye.jo*ng.in.ga.yo

暑假就快到了，你準備去哪裡玩呢？

저는 멜로 영화를 보고 싶어요.

jo*.neun/mel.lo/yo*ng.hwa.reul/bo.go/si.po*.yo

我想看愛情片。

置換看看

공포 영화	전쟁 영화
gong.po/yo*ng.hwa	jo*n.je*ng/yo*ng.hwa
恐怖片	戰爭電影
액션 영화	한국 영화
e*k.ssyo*n/yo*ng.hwa	han.guk/yo*ng.hwa
動作片	韓國電影
코믹 영화	외국 영화
ko.mi/gyo*ng.hwa	we.guk/yo*ng.hwa
喜劇片	外國電影

情境會話一

A : 어제 본 영화는 어땠어요?

o*.je/bon/yo*ng.hwa.neun/o*.de*.sso*.yo

B : 나쁘지 않았어요. 남자 주인공은 멋있었어요.

na.beu.ji/a.na.sso*.yo//nam.ja/ju.in.gong.eun/mo*.si.

sso*.sso*.yo

中譯一

A: 你昨天看的電影怎麼樣？

B: 不差，男主角很帥。

情境會話二

A: 영화 자주 보러 가세요?

yo*ng.hwa/ja.ju/bo.ro*/ga.se.yo

B: 네, 나는 영화 보는 거 좋아하거든요.

ne//na.neun/yo*ng.hwa/bo.neun/go*/jo.a.ha.go*.deu.nyo

A: 진짜요? 나 보고 싶은 영화가 있는데 같이 가지 않을래요?

jin.jja.yo//na/bo.go/si.peun/yo*ng.hwa.ga/in.neun.de/ga.chi/ga.ji/a.neul.le*.yo

中譯二

A: 你常去看電影嗎？

B: 是的，我喜歡看電影。

A: 真的嗎？我有想看的電影，要不要一起去？

情境會話三

A: 어떤 프로그램을 즐겨 봐요?

o*.do*n/peu.ro.geu.re*.meul/jjeul.gyo*/bwa.yo

B: 나 요즘 한국 드라마에 푹 빠져 있어요.

na/yo.jeum/han.guk/deu.ra.ma.e/puk/ba.jo*/i.sso*.yo

A：你喜歡看什麼樣的節目呢？

B：我最近愛上了韓劇。

詞彙－電影

MP3 Track 087

영화	yo*ng.hwa 電影
영화관	yo*ng.hwa.gwan 電影院
극장	geuk.jjang 戲院 / 電影院
개봉	ge*.bong 首映
영화표	yo*ng.hwa.pyo 電影票
자막	ja.mak 字幕
배우	be*.u 演員
주연	ju.yo*n 主演
조연	jo.yo*n 配角
팝콘	pap.kon 爆米花

MP3 Track 088

뉴스	nyu.seu 新聞
아침뉴스	a.chim.nyu.seu 晨間新聞
정오뉴스	jo*ng.o.nyu.seu 午間新聞
저녁뉴스	jo*.nyo*ng.nyu.seu 晚間新聞
톱뉴스	tom.nyu.seu 頭條新聞
헤드라인 뉴스	he.deu.ra.in/nyu.seu 頭版頭條新聞
뉴스 하이라이트	nyu.seu/ha.i.ra.i.teu 新聞快訊
뉴스 단신	nyu.seu/dan.sin 新聞快報
긴급 속보	gin.geup/ssok.bo 緊急快報
독점 보도	dok.jjo*m/bo.do 獨家報導

詞彙－電視節目

MP3 Track 089

가요 프로그램	ga.yo/peu.ro.geu.re*m 歌唱節目

경제 프로그램	gyo*ng.je/peu.ro.geu.re*m 經濟節目
여행 프로그램	yo*.he*ng/peu.ro.geu.re*m 旅遊節目
요리 프로그램	yo.ri/peu.ro.geu.re*m 美食節目
아동 프로그램	a.dong/peu.ro.geu.re*m 兒童節目
오락 프로그램	o.rak/peu.ro.geu.re*m 娛樂節目
쇼핑 프로그램	syo.ping/peu.ro.geu.re*m 購物節目
퀴즈 프로그램	kwi.jeu/peu.ro.geu.re*m 智力競賽節目
스포츠 프로그램	seu.po.cheu/peu.ro.geu.re*m 體育節目
특집 프로그램	teuk.jjip/peu.ro.geu.re*m 專題節目
토크쇼	to.keu.syo 脫口秀
시트콤	si.teu.kom 喜劇節目
드라마	deu.ra.ma 連續劇

사극	sa.geuk 歷史劇
만화 영화	man.hwa/yo*ng.hwa 卡通影片
스포츠 경기	seu.po.cheu/gyo*ng.gi 體育競賽
외화 시리즈	we.hwa/si.ri.jeu 外國影集
노래 자랑	no.re*/ja.rang 歌唱節目
장기 자랑	jang.gi/ja.rang 才藝秀
다큐멘터리	da.kyu.men.to*.ri 紀錄片

詞彙一播放節目

방송하다	bang.song.ha.da 播放
중계하다	jung.gye.ha.da 轉播
프로그램표	peu.ro.geu.re*m.pyo 節目表
방송국	bang.song.guk 電視台

생방송	se*ng.bang.song 現場直播
재방송	je*.bang.song 重播
방송중	bang.song.jung 播放中
채널	che*.no*l 電視頻道
리모컨	ri.mo.ko*n 遙控器
광고	gwang.go 廣告

實用例句

퇴근 후에 같이 영화 보러 갈까요?

twe.geun/hu.e/ga.chi/yo*ng.hwa/bo.ro*/gal.ga.yo

下班後一起去看電影，好嗎？

혹시 보고 싶은 영화 있어요?

hok.ssi/bo.go/si.peun/yo*ng.hwa/i.sso*.yo

你有想看的電影嗎？

한국 배우 중 누구를 가장 좋아합니까?

han.guk/be*.u/jung/nu.gu.reul/ga.jang/jo.a.ham.ni.ga

韓國演員中你最喜歡誰？

그 배우의 연기는 최고입니다.

geu/be*.u.ui/yo*n.gi.neun/chwe.go.im.ni.da

那個演員的演技很棒。

어떤 종류의 영화를 좋아하나요?

o*.do*n/jong.nyu.ui/yo*ng.hwa.reul/jjo.a.ha.na.yo

你喜歡看哪種電影？

이 채널 광고가 너무 많습니다.

i/che*.no*l/gwang.go.ga/no*.mu/man.sseum.ni.da

這個頻道廣告很多。

實用例句

지금은 일기 예보를 방송하고 있습니다.

ji.geu.meun/il.gi/ye.bo.reul/bang.song.ha.go/it.sseum.ni.da

現在正在播氣象預報。

오늘의 주요 뉴스는 무엇입니까?

o.neu.rui/ju.yo/nyu.seu.neun/mu.o*.sim.ni.ga

今天的主要新聞是什麼？

이 영화는 미성년자 관람불가 영화예요.

i/yo*ng.hwa.neun/mi.so*ng.nyo*n.ja/gwal.lam.bul.ga/yo*ng.hwa.ye.yo

這部電影未成年者不可觀賞。

새로 개봉된 그 영화 정말 재미없었어요.

se*.ro/ge*.bong.dwen/geu/yo*ng.hwa/jo*ng.mal/jje*.mi.o*p.sso*.yo

新上映的那部電影真的不好看。

좋은 영화 좀 추천해 줄래요?

jo.eun/yo*ng.hwa/jom/chu.cho*n.he*/jul.le*.yo

可以推薦我好看的電影嗎？

세 시반 표로 할게요.

se/si.ban/pyo.ro/hal.ge.yo

我要買三點半的票。

악기를 연주할 수 있나요?

ak.gi.reul/yo*n.ju.hal/ssu/in.na.yo

你會演奏樂器嗎?

置換看看

기타를	바이올린을
gi.ta.reul	ba.i.ol.li.neul
吉他	小提琴
드럼을	플루트를
deu.ro*.meul	peul.lu.teu.reul
鼓	長笛
피아노를	트럼펫을
pi.a.no.reul	teu.ro*m.pe.seul
鋼琴	喇叭

情境會話一

A : 이 첼로를 연주 할 수 있나요?

i/chel.lo.reul/yo*n.ju/hal/ssu/in.na.yo

B : 아니요, 할 수 없어요. 하지만 나는 피아노
　　와 하모니카를 연주할 수 있어요.

a.ni.yo//hal/ssu/o*p.sso*.yo//ha.ji.man/na.neun/pi.a.

no.wa/ha.mo.ni.ka.reul/yo*n.ju/hal/ssu/i.sso*.yo

A：你會演奏這個大提琴嗎？

B：不，我不會。但我會演奏鋼琴和口琴。

情境會話二

A：왜 노래를 안 불러요?

we*/no.re*.reul/an/bul.lo*.yo

B：감기에 걸려서 목이 아파요.

gam.gi.e/go*l.lyo*.so*/mo.gi/a.pa.yo

A：그렇군요. 아쉽네요.

geu.ro*.ku.nyo//a.swim.ne.yo

中譯二

A：為什麼不唱歌呢？

B：因為感冒，喉嚨不舒服。

A：原來如此，真可惜！

情境會話三

A：저랑 같이 춤 추지 않을래요?

jo*.rang/ga.chi/chum/chu.ji/a.neul.le*.yo

B：아니요, 그냥 여기서 술 좀 마실래요.

a.ni.yo//geu.nyang/yo*.gi.so*/sul/jom/ma.sil.le*.yo

中譯三

A：要不要和我一起跳舞？

B：不了，我只想在這裡喝點酒。

詞彙－音樂

경음악	gyo*ng.eu.mak 輕音樂
클래식	keul.le*.sik 古典音樂
행진곡	he*ng.jin.gok 進行曲
광상곡	gwang.sang.gok 狂想曲
관현악	gwan.hyo*.nak 管弦樂
교향곡	gyo.hyang.gok 交響樂
독주곡	dok.jju.gok 獨奏曲
협주곡	hyo*p.jju.gok 協奏曲
리듬 앤 블루스	ri.deum/e*n/beul.lu.seu 節奏布魯斯
헤비메탈	he.bi.me.tal 重金屬樂

詞彙－歌曲

노래	no.re* 歌曲
노래방	no.re*.bang 練歌房 / KTV
제목	je.mok 歌名
가수	ga.su 歌手
신곡	sin.gok 新歌
옛날 곡	yen.nal/gok 老歌
일본노래	il.bon.no.re* 日本歌
한국노래	han.gung.no.re* 韓語歌
영어노래	yo*ng.o*.no.re* 英語歌
중국노래	jung.gung.no.re* 中文歌

實用例句

피아노를 배운 적이 있어요?

pi.a.no.reul/be*.un/jo*/gi/i.sso*.yo

你學過鋼琴嗎？

제일 잘 하는 노래는 뭐예요?

je.il/jal/ha.neun/no.re*.neun/mwo.ye.yo

你最會唱的歌是什麼？

어떤 악기를 연주할 수 있나요?

o*.do*n/ak.gi.reul/yo*n.ju.hal/ssu/in.na.yo

你會演奏哪種樂器。

저는 피아노를 이년 동안 쳐 왔습니다.

jo*.neun/pi.a.no.reul/i.nyo*n/dong.an/cho*/wat.sseum.ni.da

我彈了兩年的鋼琴。

저는 학교 합창단에서 노래를 부릅니다.

jo*.neun/hak.gyo/hap.chang.da.ne.so*/no.re*.reul/bu.reum.ni.da

我在學校合唱團裡唱歌。

어떤 종류의 음악을 듣습니까?

o*.do*n/jong.nyu.ui/eu.ma.geul/deut.sseum.ni.ga

你聽什麼種類的音樂呢？

實用例句

나는 클래식을 들어요.

na.neun/keul.le＊.si.geul/deu.ro＊.yo

我聽古典音樂。

좋아하는 밴드가 있습니까?

jo.a.ha.neun/be＊n.deu.ga/it.sseum.ni.ga

你有喜歡的樂團嗎？

제가 다시 춤을 청해도 괜찮겠습니까?

je.ga/da.si/chu.meul/cho＊ng.he＊.do/gwe＊n.chan.ket.sseum.ni.ga

我可以再請你跳支舞嗎？

이 곡의 선율은 좀 빠르군요.

i/go.gui/so＊.nyu.reun/jom/ba.reu.gu.nyo

這首曲子的旋律有點快呢！

나는 음치에요.

na.neun/eum.chi.ye.yo

我是音癡。

입장권은 얼마입니까?

ip.jjang.gwo.neun/o*l.ma.im.ni.ga

入場券多少錢？

置換看看

티켓은	어린이표는
ti.ke.seun	o*.ri.ni.pyo.neun
票	孩童票
성인표는	청소년표는
so*ng.in.pyo.neun	cho*ng.so.nyo*n.pyo.neun
成人票	青少年票
학생표는	차표는
hak.sse*ng.pyo.neun	cha.pyo.neun
學生票	車票

情境會話一

A : 심심한데 우리 공연을 보러 갈까요?

sim.sim.han.de/u.ri/gong.yo*.neul/bo.ro*/gal.ga.yo

B : 좋아요. 갈 거면 좀 일찍 가야 해요. 오늘은
주말이라 사람이 많을 테니까요.

jo.a.yo//gal/go*.myo*n/jom/il.jjik/ga.ya/he*.yo//o.neu.

reun/ju.ma.ri.ra/sa.ra.mi/ma.neul/te.ni.ga.yo

A：好無聊喔，我們去看公演好不好？

B：好啊！要去的話，就要早點去。因為今天是週末人會很多。

情境會話二

A：박물관에 대한 팸플릿은 어디서 구할 수 있습니까?

bang.mul.gwa.ne/de*.han/pe*m.peul.li.seun/o*.di.so*/
gu.hal/ssu/it.sseum.ni.ga

B：저기 안내소가 있어요. 거기 가서 물어보세요.

jo*.gi/an.ne*.so.ga/i.sso*.yo//go*.gi/ga.so*/mu.ro*.bo.
se.yo

A：고맙습니다.

go.map.sseum.ni.da

중譯二

A：請問博物館的小冊子要去哪裡拿？

B：那裡有諮詢處。你去那裡問看看吧。

A：謝謝。

情境會話三

A：여기 중국어로 된 안내책자가 있나요?

yo*.gi/jung.gu.go*.ro/dwen/an.ne*.che*k.jja.ga/in.na.yo

B：네, 여기 있습니다.

ne//yo*.gi/it.sseum.ni.da

中譯三

A：請問這裡有中文的小冊子嗎？

B：有的，在這裡。

詞彙一舞台表演

MP3 Track 099

연극	yo*n.geuk 話劇
공연	gong.yo*n 公演 / 表演
주제	ju.je 主題
줄거리	jul.go*.ri 劇情大綱
등장 인물	deung.jang/in.mul 登場人物
배역	be*.yo*k 角色
무대	mu.de* 舞台
연기	yo*n.gi 演技
박수	bak.ssu 鼓掌

| 해피엔딩 | he*.pi.en.ding
圓滿的結局 |

전시회	jo*n.si.hwe 展示會
전람회	jo*l.lam.hwe 展覽會
서예전	so*.ye.jo*n 書法展
사진전	sa.jin.jo*n 攝影展
조각전	jo.gak.jjo*n 雕刻展
도예전	do.ye.jo*n 陶藝展
개인전	ge*.in.jo*n 個人展
작품	jak.pum 作品
걸작	go*l.jak 傑作
모조품	mo.jo.pum 仿冒品

회화	hwe.hwa 繪畫
그림	geu.rim 圖畫
명화	myo*ng.hwa 名畫
복제화	bok.jje.hwa 複製畫
수채화	su.che*.hwa 水彩畫
스케치	seu.ke.chi 素描
수묵화	su.mu.kwa 水墨畫
일본화	il.bon.hwa 日本畫
서양화	so*.yang.hwa 西洋畫
인물화	in.mul.hwa 人物畫
추상화	chu.sang.hwa 抽象畫
판화	pan.hwa 版畫

유화	yu.hwa 油畫
화가	hwa.ga 畫家
물감	mul.gam 顏料
캔버스	ke*n.bo*.seu 畫布
이젤	i.jel 畫架
화필	hwa.pil 畫筆
스케치북	seu.ke.chi.buk 素描本
갤러리	ge*l.lo*.ri 畫廊

實用例句

무대에서 가까운 자리로 주세요.

mu.de*.e.so*/ga.ga.un/ja.ri.ro/ju.se.yo

請給我靠近舞台的位子。

특등석 표 값은 얼마입니까?

teuk.deung.so*k/pyo/gap.sseun/o*l.ma.im.ni.ga

特等座的票價是多少錢?

더 좋은 자리가 있습니까?

do*/jo.eun/ja.ri.ga/it.sseum.ni.ga

有更好一點的位置嗎?

무대 장치가 정말 화려하네요.

mu.de*/jang.chi.ga/jo*ng.mal/hwa.ryo*.ha.ne.yo

舞台的裝置真華麗呢!

입구가 어디인가요?

ip.gu.ga/o*.di.in.ga.yo

入口在哪裡?

몇 시에 개장하나요?

myo*t/si.e/ge*.jang.ha.na.yo

幾點開放呢?

實用例句

여기 기념품도 파나요?

yo*.gi/gi.nyo*m.pum.do/pa.na.yo

這裡也有賣紀念品嗎？

여기서 플래시를 사용해도 되나요?

yo*.gi.so*/peul.le*.si.reul/ssa.yong.he*.do/dwe.na.yo

這裡可以使用閃光燈嗎？

이 작품은 정말 훌륭합니다.

i/jak.pu.meun/jo*ng.mal/hul.lyung.ham.ni.da

這個作品真的很優秀。

이것은 누구의 작품인가요?

i.go*.seun/nu.gu.ui/jak.pu.min.ga.yo

這是誰的作品呢？

미술관은 월요일에 휴관합니다.

mi.sul.gwa.neun/wo.ryo.i.re/hyu.gwan.ham.ni.da

美術館星期一休館。

그 화가 작품을 아주 좋아합니다.

geu/hwa.ga/jak.pu.meul/a.ju/jo.a.ham.ni.da

我很喜歡那位畫家的作品。

韓語

單字、會話

一本搞定

한국어 단어와 회화,
이 책 한 권이면 끝!

Chapter 4

出版
與
電腦通訊

저는 책을 사고 싶습니다.

jo*.neun/che*.geul/ssa.go/sip.sseum.ni.da

我想買書。

置換看看

소설책을 so.so*l.che*.geul 小說	여행책을 yo*.he*ng.che*.geul 旅遊書
잡지를 jap.jji.reul 雜誌	영어 회화책을 yo*ng.o*/hwe.hwa.che*.geul 英語會話書
신문을 sin.mu.neul 報紙	영어 문법책을 yo*ng.o*/mun.bo*p.che*.geul 英語文法書

情境會話一

A : 나는 서점에 가는데 같이 갈래요?

　　na.neun/so*.jo*.me/ga.neun.de/ga.chi/gal.le*.yo

B : 책 사러 가는 거예요?

　　che*k/sa.ro*/ga.neun/go*.ye.yo

A : 네, 한국어 문법책 좀 사려고요.

　　ne/han.gu.go*/mun.bo*p.che*k/jom/sa.ryo*.go.yo

A：我要去書局要不要一起去？

B：你要去買書嗎？

A：是的，我想買韓語文法書。

情境會話二

A：과장님, 무슨 신문을 보십니까?

gwa.jang.nim//mu.seun/sin.mu.neul/bo.sim.ni.ga

B：스포츠 신문을 보고 있어요.

seu.po.cheu/sin.mu.neul/bo.go/i.sso*.yo

A：스포츠에 관심이 많으신가 봐요!

seu.po.cheu.e/gwan.si.mi/ma.neu.sin.ga/bwa.yo

中譯二

A：課長，您在看什麼報紙？

B：我在看體育報紙。

A：您好像對體育很有興趣呢！

情境會話三

A：요즘 뭐 재미있는 소설 없나요?

yo.jeum/mwo/je*.mi.in.neun/so.so*l/o*m.na.yo

B：이 추리 소설 좀 볼래요? 아주 재미있는데요.

i/chu.ri/so.so*l/jom/bol.le*.yo//a.ju/je*.mi.in.neun.de.
yo

A：最近沒有什麼好看的小說嗎？

B：這本推理小說你要看嗎？很好看喔！

詞彙－書籍體裁

MP3 Track 105

장르	jang.neu 體裁
문학	mun.hak 文學
과학	gwa.hak 科學
예술	ye.sul 藝術
생활	se*ng.hwal 生活
고전	go.jo*n 古典
현대	hyo*n.de* 現代
시집	si.jip 詩集
전기	jo*n.gi 傳記
일기	il.gi 日記

서적	so*.jo*k 書籍
저자	jo*.ja 作者
작가	jak.ga 作家
역자	yo*k.jja 譯者
목차	mok.cha 目錄
서문	so*.mun 序言
머리말	mo*.ri.mal 前言
각주	gak.jju 附注
찾아보기	cha.ja.bo.gi 索引
상권	sang.gwon 上冊
하권	ha.gwon 下冊
전집	jo*n.jip 全集

선집	so*n.jip 選集
단행본	dan.he*ng.bon 單行本
하드커버	ha.deu.ko*.bo* 精裝本
번역물	bo*.nyo*ng.mul 翻譯品
수필집	su.pil.jip 隨筆集
그림책	geu.rim.che*k 繪本
핸드북	he*n.deu.buk 手冊

詞彙－各式書籍

만화책	man.hwa.che*k 漫畫書
역사책	yo*k.ssa.che*k 史書
산문집	su.pil.jip 散文集
사전	sa.jo*n 字典

| 교과서 | gyo.gwa.so* |
| | 教科書 |

| 동화책 | dong.hwa.che*k |
| | 童書 |

| 여행책 | yo*.he*ng.che*k |
| | 旅遊書 |

| 백과사전 | be*k.gwa.sa.jo*n |
| | 百科全書 |

| 성서 | so*ng.so* |
| | 聖經 |

| 불경 | bul.gyo*ng |
| | 佛經 |

詞彙－出版

MP3 Track 108

| 출판사 | chul.pan.sa |
| | 出版社 |

| 서점 | so*.jo*m |
| | 書局 |

| 출판권 | chul.pan.gwon |
| | 出版權 |

| 발행 | bal.he*ng |
| | 發行 |

| 인쇄 | in.swe* |
| | 印刷 |

재판	je*.pan 再版
절판	jo*l.pan 絕版
편집자	pyo*n.jip.jja 編輯
책표지	che*k.pyo.ji 書封面
교정	gyo.jo*ng 校對

詞彙－小說／雜誌　　　　　　　　MP3 Track 109

소설	so.so*l 小說
애정 소설	e*.jo*ng/so.so*l 愛情小說
추리 소설	chu.ri/so.so*l 推理小說
무협 소설	mu.hyo*p/so.so*l 武俠小說
공포 소설	gong.po/so.so*l 恐怖小說
역사 소설	yo*k.ssa/so.so*l 歷史小說

잡지	jap.jji 雜誌
계간지	gye.gan.ji 季刊
주간	ju.gan 周刊
월간	wol.gan 月刊

詞彙—報紙   MP3 Track 110

조선일보	jo.so*.nil.bo 朝鮮日報
중앙일보	jung.ang.il.bo 中央日報
서울신문	so*.ul.sin.mun 首爾報紙
조간 신문	jo.gan/sin.mun 早報
석간 신문	so*k.gan/sin.mun 晚報
신문사	sin.mun.sa 報社
신문 기사	sin.mun/gi.sa 新聞報導

實用例句

무슨 책을 많이 읽으세요?

mu.seun/che*.geul/ma.ni/il.geu.se.yo

您大多看什麼書？

나는 에세이를 주로 봐요.

na.neun/e.se.i.reul/jju.ro/bwa.yo

我主要是看隨筆。

저는 그런 책을 안 봅니다.

jo*.neun/geu.ro*n/che*.geul/an/bom.ni.da

我不看那種書。

나는 주로 침대에서 책을 봐요.

na.neun/ju.ro/chim.de*.e.so*/che*.geul/bwa.yo

我主要在床上看書。

잡지 좀 사고 싶은데 어디에 있습니까?

jap.jji/jom/sa.go/si.peun.de/o*.di.e/it.sseum.ni.ga

我想買雜誌，請問在哪裡？

같이 서점에 가시는 게 어떻습니까?

ga.chi/so*.jo*.me/ga.si.neun/ge/o*.do*.sseum.ni.ga

和我一起去書店，如何？

實用例句

오늘 신문 기사를 보셨습니까?

o.neul/ssin.mun/gi.sa.reul/bo.syo*t.sseum.ni.ga

你看過今天的報紙了嗎？

일본 지진 소식은 신문에 실렸습니다.

il.bon/ji.jin/so.si.geun/sin.mu.ne/sil.lyo*t.sseum.ni.da

日本地震的消息刊登在報紙上。

오늘 가장 중요한 신문 기사는 뭐예요?

o.neul/ga.jang/jung.yo.han/sin.mun/gi.sa.neun/mwo.ye.yo

今天最重要的新聞報導是什麼？

그 만화책은 품절되었습니다.

geu/man.hwa.che*.geun/pum.jo*l.dwe.o*t.sseum.ni.da

那本漫畫已經售完了。

이 소설은 아주 잘 팔립니다.

i/so.so*.reun/a.ju/jal/pal.lim.ni.da

這本小說很暢銷。

요즘 베스트셀러는 뭐예요?

yo.jeum/be.seu.teu.sel.lo*.neun/mwo.ye.yo

最近的暢銷書是什麼？

컴퓨터가 고장났어요.

ko*m.pyu.to*.ga/go.jang.na.sso*.yo

電腦故障了。

置換看看

텔레비전이	냉장고가
tel.le.bi.jo*.ni	ne*ng.jang.go.ga
電視	冰箱
핸드폰이	자동차가
he*n.deu.po.ni	ja.dong.cha.ga
手機	車子
에어컨이	카메라가
e.o*.ko*.ni	ka.me.ra.ga
冷氣	相機

情境會話一

A : 엄마, 저 노트북 새로 사야겠어요.

o*m.ma//jo*/no.teu.buk/se*.ro/sa.ya.ge.sso*.yo

B : 왜? 아직 멀쩡한데..

we*//a.jik/mo*l.jjo*ng.han.de

A : 아니, 이거보다 더 가벼운 걸 사고 싶어요.

a.ni//i.go*.bo.da/do*/ga.byo*.un/go*l/sa.go/si.po*.yo

A：媽，我該新買一台筆記型電腦了。

B：為什麼，還好好的…

A：不是啦！我想買比這個還輕一點的。

情境會話二

A：어떡해? 내 컴퓨터가 다운됐어.

　　o*.do*.ke*//ne*/ko*m.pyu.to*/ga/da.un.dwe*.sso*

B：네 컴퓨터를 다시 부팅시키면 돼.

　　ni/ko*m.pyu.to*/reul/da.si/bu.ting.si.ki.myo*n/dwe*

A：근데 난 아직 자료를 저장 안 했는데.

　　geun.de/nan/a.jik/ja.ryo.reul/jjo*.jang/an/he*n.neun.de

中譯二

A：怎麼辦？我的電腦當機了。

B：重新啟動你的電腦就可以了。

A：可是我還沒儲存資料耶…。

情境會話三

A：내 컴퓨터 고장났어, 어떡해? 나 보고서 빨
　리 써야 되는데……

　　ne*/ko*m.pyu.to*/go.jang.na.sso*//o*.do*.ke*//na/

　　bo.go.so*/bal.li/sso*.ya/dwe.neun.de

B：그렇구나! 그럼 내 거 쓰려면 써도 돼.

　　geu.ro*.ku.na//geu.ro*m/ne*/go*/sseu.ryo*.myo*n/

sso*.do/dwe*

A：我的電腦故障了，怎麼辦？我必須快點寫報告才
　　行……

B：這樣啊！那想用我的電腦就用吧。

詞彙－電腦週邊

컴퓨터	ko*m.pyu.to* 電腦
피시	pi.si 個人用電腦
노트북	no.teu.buk 筆記型電腦
모니터	mo.ni.to* 螢幕
키보드	ki.bo.deu 鍵盤
마우스	ma.u.seu 滑鼠
스피커	seu.pi.ko* 喇叭
스캐너	seu.ke*.no* 掃描機

| 프린터 | peu.rin.to*
印表機 |

MP3 Track 115

부팅	bu.ting 啟動
종료	jong.nyo 關機
초기화	cho.gi.hwa 初始化
문자입력	mun.ja.im.nyo*k 文字輸入
클릭하다	keul.li.ka.da 點擊
더블클릭	do*.beul.keul.lik 點擊兩下
오려두기	o.ryo*.du.gi 剪下
붙이기	bu.chi.gi 貼上
복사하기	bok.ssa.ha.gi 複製
삽입	sa.bip 插入

지우기	ji.u.gi 刪除
최소	chwi.so 取消
덮어쓰기	do*.po*.sseu.gi 覆蓋
저장하다	jo*.jang.ha.da 儲存
드래그	deu.re*.geu 拖曳
전화면 표시	jo*n.hwa.myo*n/pyo.si 全螢幕顯示
실행취소	sil.he*ng.chwi.so 取消執行
열기	yo*l.gi 開啟
닫기	dat.gi 關閉
스크를	seu.keu.rol.ba 捲軸

實用例句

시스템이 바이러스에 걸린 것 같아요.

si.seu.te.mi/ba.i.ro＊.seu.e/go＊l.lin/go＊t/ga.ta.yo

系統好像中毒了。

컴퓨터 화면이 멈춰 버렸어요.

ko＊m.pyu.to＊/hwa.myo＊.ni/mo＊m.chwo/bo＊.ryo＊.sso＊.yo

電腦的畫面停止不動了。

컴퓨터를 고칠 줄 아세요?

ko＊m.pyu.to＊.reul/go.chil/jul/a.se.yo

您會修電腦嗎？

누가 와서 제 컴퓨터를 좀 고쳐 주실 수 있을까요?

nu.ga/wa.so＊/je/ko＊m.pyu.to＊.reul/jom.go.cho＊/ju.sil/su/i.sseul.ga.yo

誰可以過來幫我修電腦？

컴퓨터 부팅이 안 돼요.

ko＊m.pyu.to＊/bu.ting.i/an/dwe＊.yo

電腦開不了機。

내 모든 자료가 다 날아갔어요.

ne＊/mo.deun/ja.ryo.ga/da/na.ra.ga.sso＊.yo

我所有的資料都不見了。

實用例句

이것 좀 복사할 수 있어요?

i.go*t/jom/bok.ssa.hal/ssu/i.sso*.yo

這個可以影印嗎?

자료를 저장했어요?

ja.ryo.reul/jjo*.jang.he*.sso*.yo

資料儲存了嗎?

바이러스 제거하는 법을 아세요?

ba.i.ro*.seu/je.go*.ha.neun/bo*.beul/a.se.yo

您知道清除病毒的方法嗎?

컴퓨터를 사용할 줄 아세요?

ko*m.pyu.to*.reul/ssa.yong.hal/jjul/a.se.yo

您會使用電腦嗎?

재부팅해야 합니다.

je*.bu.ting.he*.ya/ham.ni.da

必須重新啟動電腦。

이 노트북은 얼마에 샀어요?

i/no.teu.bu.geun/o*l.ma.e/sa.sso*.yo

這台筆記型電腦多少錢買的?

채팅할 줄 아세요?

che*.ting.hal/jjul/a.se.yo

你會網路聊天嗎？

置換看看

운전	태권도
un.jo*n	te*.gwon.do
開車	**跆拳道**
이거	영어
i.go*	su.yo*ng
這個	**英語**
수영	한국말
su.yo*ng	han.gung.mal
游泳	**韓國語**

情境會話一

A : 민호 오빠는 요즘 뭐 하고 있어요?

　　min.ho/o.ba.neun/yo.jeum/mwo/ha.go/i.sso*.yo

B : 말도 마세요. 온라인 게임에 하루종일 빠져 지내요.

　　mal.do/ma.se.yo//ol.la.in/ge.i.me/ha.ru.jong.il/ba.jo*/

　　ji.ne*.yo

A：敏鎬哥最近在做什麼？

B：別提了，他整天都沉迷在網路遊戲中。

情境會話二

A：컴퓨터는 인터넷에 접속되어 있어요?

ko*m.pyu.to*.neun/in.to*.ne.se/jo*p.ssok.dwe.o*/i.sso*.
yo

B：아니요, 여기는 와이파이가 없어서 인터넷
연결이 안 돼요.

a.ni.yo//yo*.gi.neun/wa.i.pa.i.ga/o*p.sso*.se/in.to*.net/
yo*n.gyo*.ri/an/dwe*.yo

中譯二

A：電腦有連上網路嗎？

B：沒有，這裡沒有Wi-Fi，不能連上網路。

情境會話三

A：오빠, 좀 도와 줘요. 급해요, 빨리!

o.ba//jom/do.wa/jwo.yo//geu.pe*.yo//bal.li

B：뭐야? 무슨 일인데?

mwo.ya//mu.seun/i.rin.de

A：내가 실수로 사진을 모두 지워버렸어요.

ne*.ga/sil.su.ro/sa.ji.neul/mo.du/ji.wo.bo*.ryo*.sso*.yo

A：哥，幫幫我。很急，快點！

B：什麼？什麼事啊？

A：我失誤把照片全部刪掉了。

詞彙－電子信箱　　　　　　　MP3 Track 119

이메일을 체크하다	i.me.i.reul/che.keu.ha.da 查看電子郵件
메일 쓰기	me.il.sseu.gi 寫信
편지 지우기	pyo*n.ji.ji.u.gi 刪除郵件
우편함	u.pyo*n.ham 郵件箱
이메일 주소	i.me.il/ju.so 郵件地址
골뱅이	gol.be*ng.i 小老鼠 (@)
첨부 파일	cho*m.bu/pa.il 附件
받은 편지함	ba.deun/pyo*n.ji.ham 收件匣
보낸 편지함	bo.ne*n/pyo*n.ji.ham 寄件備份匣

| 스팸메일 | seu.pe*m.me.il
垃圾郵件 |

인터넷에 접속하다	in.to*.ne.se/jo*p.sso.ka.da 上網
업그레이드	o*p.geu.re.i.deu 升級
압축파일	ap.chuk.pa.il 壓縮檔
압축 풀기	ap.chuk/pul.gi 解壓縮
문자깨짐	mun.ja.ge*.jim 亂碼
바이러스에 걸리다	ba.i.ro*.seu.e/go*l.li.da 中毒
해커	he*.ko* 電腦駭客
서버	so*.bo* 服務器
웹브라우저	wep.beu.ra.u.jo* 瀏覽器
웹사이트	wep.ssa.i.teu 網站

홈페이지	hom.pe.i.ji 主頁
인터넷 뱅킹	in.to*.net/be*ng.king 網路銀行
인터넷 쇼핑	in.to*.net/syo.ping 網路購物
PC방	PC.bang 網咖
채팅방	che*.ting.bang 聊天室
화상채팅	hwa.sang.che*.ting 視訊聊天
음성채팅	eum.so*ng.che*.ting 語音聊天
다운로드	da.ul.lo.deu 下載
업로드	o*m.no.deu 上傳

實用例句

홈페이지를 만들 줄 아세요?

hom.pe.i.ji.reul/man.deul/jjul/a.se.yo

你會製作網頁嗎？

인터넷을 사용하세요?

in.to*.ne.seul/ssa.yong.ha.se.yo

您用網路嗎？

인터넷에서 쇼핑하는 법을 아세요?

in.to*.ne.se.so*/syo.ping.ha.neun/bo*.beul/a.se.yo

你知道網路購物的方法嗎？

우리 PC방 가서 게임 좀 하자.

u.ri/pc.bang/ga.so*/ge.im/jom/ha.ja

我們去網咖玩遊戲吧。

제가 보낸 이메일을 받았어요?

je.ga/bo.ne*n/i.me.i.reul/ba.da.sso*.yo

我寄的電子郵件收到了嗎？

난 매일 한국친구들이랑 채팅해요.

nan/me*.il/han.guk.chin.gu.deu.ri.rang/che*.ting.he*.yo

我每天都和韓國朋友網路聊天。

實用例句

인터넷에 접속되어 있어요?

in.to*.ne.se/jo*p.ssok.dwe.o*/i.sso*.yo

有連結上網路嗎？

인터넷에 어떻게 접속합니까?

in.to*.ne.se/o*.do*.ke/jo*p.sso.kam.ni.ga

要怎麼連結上網路？

홈페이지 주소가 어떻게 되세요?

hom.pe.i.ji/ju.so.ga/o*.do*.ke/dwe.se.yo

請告訴我網址。

그는 컴퓨터를 잘 다루니까 그한테 물어봐요.

geu.neun/ko*m.pyu.to*.reul/jjal/da.ru.ni.ga/geu.han.te/mu.ro*.bwa.yo

他電腦很強，你去問他看看。

자료를 다운받는 법 좀 가르쳐 주세요.

ja.ryo.reul/da.un.ban.neun/bo*p/jom/ga.reu.cho*/ju.se.yo

請教我下載資料的方法。

이메일 주소를 좀 알려 주세요.

i.me.il/ju.so.reul/jjom/al.lyo*/ju.se.yo

請告訴我你的電子郵件地址。

우체국을 찾고 있어요.

u.che.gu.geul/chat.go/i.sso*.yo

我在找郵局。

置換看看

은행을	공중전화를
eun.he*ng.eul	gong.jung.jo*n.hwa.reul
銀行	公共電話
주유소를	교려대학교를
ju.yu.so.reul	gyo.ryo*.de*.hak.gyo.reul
加油站	高麗大學
화장실을	지하철 역을
hwa.jang.si.reul	ji.ha.cho*l/yo*.geul
化妝室	地鐵站

情境會話一

A : 우체국에 가는 길을 알려 주세요.

u.che.gu.ge/ga.neun/gi.reul/al.lyo*/ju.se.yo

B : 제가 안내해 드릴게요. 저도 같은 방향이니
까요.

je.ga/an.ne*.he*/deu.ril.ge.yo//jo*.do/ga.teun/bang.

hyang.i.ni.ga.yo

A : 정말 고맙습니다.

jo*ng.mal/go.map.sseum.ni.da

A：請告訴我去郵局該怎麼走。

B：我帶您去，因為我也同方向。

A：真的謝謝你。

A：전 우표를 사고 싶은데 어디서 사야합니까?

　　jo*n/u.pyo.reul/ssa.go/si.peun.de/o*.di.so*/sa.ya.ham.
　　ni.ga

B：오번 창구로 가 보세요.

　　o.bo*n/chang.gu.ro/ga/bo.se.yo

A：我想買郵票，請問該在哪裡買呢？

B：請您去五號窗口。

A：이 소포를 대만으로 보내는데 얼마 듭니까?

　　i/so.po.reul/de*.ma.neu.ro/bo.ne*.neun.de/o*l.ma/
　　deum.ni.ga

B：항공편으로 부치면 삼만오천 원입니다.

　　hang.gong.pyo*.neu.ro/bu.chi.myo*n/sam.ma.no.cho*.
　　nwo.nim.ni.da

A : 그럼 항공편으로 보내주세요. 돈 여기 있습
　　니다.

geu.ro*m/hang.gong.pyo*.neu.ro/bo.ne*.ju.se.yo//don/
yo*.gi/it.sseum.ni.da

中譯三

A：這個包裹寄到台灣要多少錢？

B：用空運的寄的話，是三萬五千韓圜。

A：那幫我用空運寄出，錢在這裡。

詞彙一郵局

우체국	u.che.guk 郵局
우편물	u.pyo*n.mul 郵件
우체부	u.che.bu 郵差
우체통	u.che.tong 郵筒
우체국 직원	u.che.guk/ji.gwon 郵局職員
우편함	u.pyo*n.ham 郵箱
우편대체	u.pyo*n.de*.che 郵政匯款

우편환	u.pyo*n.hwan 郵政匯票
우표	u.pyo 郵票
소인	so.in 郵戳

詞彙－寄件

보내는 사람	bo.ne*.neun/sa.ram 寄件人
받는 사람	ban.neun/sa.ram 收件人
우편번호	u.pyo*n.bo*n.ho 郵政編碼
주소	ju.so 地址
등기	deung.gi 掛號
속달	sok.dal 快遞
이엠에스	i.e.me.seu 國際快遞
페덱스	pe.dek.sseu 聯邦快遞

| 택배편 | te*k.be*.pyo*n
宅配公司 |

詞彙－包裹／信件　　　　　MP3 Track 126

소포	so.po 包裹
편지	pyo*n.ji 信
편지지	pyo*n.ji.ji 信紙
봉투	bong.tu 信封
엽서	yo*p.sso* 明信片
연하장	yo*n.ha.jang 賀年卡
축하카드	chu.ka.ka.deu 賀卡
편지를 부치다	pyo*n.ji.reul/bu.chi.da 寄信
편지를 받다	pyo*n.ji.reul/bat.da 收信
소포를 보내다	so.po.reul/bo.ne*.da 寄包裹

實用例句

이 소포를 대만에 보내고 싶습니다.

i/so.po.reul/de*.ma.ne/bo.ne*.go/sip.sseum.ni.da

我想寄這個包裹到台灣。

일주일 내에 도착하면 좋겠는데요.

il.ju.il/ne*.e/do.cha.ka.myo*n/jo.ken.neun.de.yo

我希望一週內會送達。

제 소포가 어떻게 됐는지 알아 볼 방법이 있을까요?

je/so.po.ga/o*.do*.ke/dwe*n.neun.ji/a.ra/bol/bang.bo*.bi/i.sseul.ga.yo

有方法可以查詢我包裹的運送進度嗎?

부산으로 편지를 보내고 싶습니다.

bu.sa.neu.ro/pyo*n.ji.reul/bo.ne*.go/sip.sseum.ni.da

我想寄信到釜山。

이걸 부치는 가장 싼 방법이 뭐예요?

i.go*l/bu.chi.neun/ga.jang/ssan/bang.bo*.bi/mwo.ye.yo

寄這個最便宜的方法是什麼?

발신인의 이름과 주소는 어디에 써야 합니까?

bal.ssi.ni.nui/i.reum.gwa/ju.so.neun/o*.di.e/sso*.ya/ham.ni.ga

寄件人的名字和地址要寫在哪裡?

實用例句

이 엽서는 한국에 부치는데 얼마짜리 우표를 붙여야 하나요?

i/yo*p.sso*.neun/han.gu.ge/bu.chi.neun.de/o*l.ma.jja.n/u.pyo.reul/

bu.tyo*.ya/ha.na.yo

我要寄這張明信片到韓國，要貼多少錢的郵票呢？

소포에는 뭐가 들어 있죠?

so.po.e.neun/mwo.ga/deu.ro*/it.jjyo

包裹裡裝什麼東西？

빠른 우편으로 보내 주세요.

ba.reun/u.pyo*.neu/ro/bo.ne*/ju.se.yo

請用郵政快件寄出。

이것을 등기로 보내 주세요.

i.go*.seul/deung.gi.ro/bo.ne*/ju.se.yo

這個請幫我用掛號寄出。

250원짜리 우표 세 장을 주세요.

i.be*.go.si.bwon.jja.ri/u.pyo/se/jang.eul/jju.se.yo

請給我250韓圓的郵票三張。

효주 씨가 집에 계십니까?

hyo.ju/ssi.ga/ji.be/gye.sim.ni.ga

請問孝珠在家嗎？

置換看看

가인 씨가	어머님이
ga.in/ssi.ga	o*.mo*.ni.mi
佳人	媽媽
소아 씨가	김 과장님이
so.a/ssi.ga	gim/gwa.jang.ni.mi
素雅	金課長
아버님이	최 선생님이
a.bo*.ni.mi	chwe/so*n.se*ng.ni.mi
爸爸	崔老師

情境會話一

A : 혹시 전화번호를 알려 줄 수 있으세요?

hok.ssi/jo*n.hwa.bo*n.ho.reul/al.lyo*/jul/su/i.sseu.se.yo

B : 네, 제 번호는 공일공 구구칠삼의 공삼공사
일입니다.

ne//je/bo*n.ho.neun/gong.il.gong/gu.gu.chil.sa.mui/

gong.sam.gong.sa.i.rim.ni.da

A：可以告訴我您的電話號碼嗎？

B：好的，我的號碼是010-9973-03041。

情境會話二

A：여보세요?

　　yo*.bo.se.yo

B：안녕하세요. 여기는 하나은행입니다. 혹시
　　한채아 씨 계십니까?

　　an.nyo*ng.ha.se.yo./yo*.gi.neun/ha.na.eun.he*ng.im.ni.
　　da//hok.ssi/han.che*.a/ssi/gye.sim.ni.ga

A：네, 전데요.

　　ne//jo*n.de.yo

中譯二

A：喂？

B：您好，這裡是Hana銀行，請問韓彩兒小姐在
嗎？

A：就是我。

情境會話三

A：연희 씨, 지금 회의 중이니까 핸드폰을 진동
　　으로 바꿔 주세요.

　　yo*n.hi/ssi//ji.geum/hwe.ui/jung.i.ni.ga/he*n.deu.po.
　　neul/jjin.dong.eu.ro/ba.gwo/ju.se.yo

B : 죄송합니다. 알겠습니다.

> jwe.song.ham.ni.da//al.get.sseum.ni.da

中譯三

A：沈熹，現在在開會，請你把手機改成振動。

B：對不起，我知道了。

詞彙－電話

전화	jo*n.hwa 電話
수화기	su.hwa.gi 聽筒
송화기	song.hwa.gi 話筒
공중전화	gong.jung.jo*n.hwa 公眾電話
무선전화	mu.so*n.jo*n.hwa 無線電話
유선전화	yu.so*n.jo*n.hwa 有線電話
자동 응답기	ja.dong/eung.dap.gi 電話自動答錄機
전화카드	jo*n.hwa.ka.deu 電話卡

전화번호부	jo*n.hwa.bo*n.ho.bu 電話簿
팩스	pe*k.sseu 傳真

전화번호	jo*n.hwa.bo*n.ho 電話號碼
지역번호	ji.yo*k.bo*n.ho 區域代碼
국가번호	guk.ga.bo*n.ho 國際代碼
내선번호	ne*.so*n.bo*n.ho 分機號碼
국제전화	guk.jje.jo*n.hwa 國際電話
시내전화	si.ne*.jo*n.hwa 市話
시외전화	si.we.jo*n.hwa 長途電話
내선전화	ne*.so*n.jo*n.hwa 分機
콜렉트콜	ko*l.lek.teu.kol 對方付費電話

무료 전화	mu.ryo/jo*n.hwa 免付費電話
장난전화	jang.nan.jo*n.hwa 騷擾電話
전화를 걸다	jo*n.hwa.reul/go*l.da 打電話
전화를 끊다	jo*n.hwa.reul/geun.ta 掛電話
전화를 받다	jo*n.hwa.reul/bat.da 接電話
수화기를 들다	su.hwa.gi.reul/deul.da 拿起聽筒
메시지를 남기다	me.si.ji.reul/nam.gi.da 留言
여보세요	yo*.bo.se.yo 喂
통화중	tong.hwa.jung 占線中
통화료	tong.hwa.ryo 電話費
발신번호 표시	bal.ssin.bo*n.ho/pyo.si 來電顯示

핸드폰	he*n.deu.pon 手機
휴대폰	hyu.de*.pon 手機
폴더형 핸드폰	pol.do*.hyo*ng/he*n.deu.pon 折疊式手機
슬라이드폰	seul.la.i.deu.pon 滑蓋手機
스마트폰	seu.ma.teu.pon 智慧型手機
문자 메시지	mun.ja/me.si.ji 簡訊
로밍 서비스	ro.ming/so*.bi.seu 漫遊服務
핸드폰 충전기	he*n.deu.pon/chung.jo*n.gi 手機充電器
배경화면	be*.gyo*ng.hwa.myo*n 桌布（待機畫面）
핸드폰 배터리	he*n.deu.pon/be*.to*.ri 手機電池

實用例句

또 전화할게요.

do/jo*n.hwa.hal.ge.yo

我會再打電話給你。

지금 통화할 수 있습니까?

ji.geum/tong.hwa.hal/ssu/it.sseum.ni.ga

你現在可以講電話？

부장님께서 지금 사무실에 계십니까?

bu.jang.nim.ge.so*/ji.geum/sa.mu.si.re/gye.sim.ni.ga

部長現在在辦公室嗎？

중국어를 잘하는 분을 바꿔 주겠습니다.

jung.gu.go*.reul/jjal.ha.neun/bu.neul/ba.gwo/ju.get.sseum.ni.da

幫您轉接給會講中文的人。

영희 씨는 오늘 아파서 먼저 퇴근했습니다.

yo*ng.hi/ssi.neun/o.neul/a.pa.so*/mo*n.jo*/twe.geun.he*t.sseum.ni.da

英熙今天不舒服先下班了。

비서실로 교환해 주시겠습니까?

bi.so*.sil.lo/gyo.hwan.he*/ju.si.get.sseum.ni.ga

可以幫我轉接到祕書室嗎？

實用例句

전화 주셔서 감사합니다.

jo*n.hwa/ju.syo*.so*/gam.sa.ham.ni.da

謝謝您撥電話過來。

죄송합니다만 잘 안 들립니다.

jwe.song.ham.ni.da.man/jal/an/deul.lim.ni.da

對不起，我聽不太清楚。

어디에 전화하신 거예요?

o*.di.e/jo*n.hwa.ha.sin/go*.ye.yo

您是要撥電話到哪裡呢？

내일 아침에 다시 전화하겠다고 전해 주시겠어요?

ne*.il/a.chi.me/da.si/jo*n.hwa.ha.get.da.go/jo*n.he*/ju.si.ge.sso*.yo

可以幫我轉答我明天早上會再撥電話過去嗎？

잠시만 끊지 말고 기다리시겠습니까?

jam.si.man/geun.chi/mal.go/gi.da.ri.si.get.sseum.ni.ga

請您先別掛斷電話稍等一會好嗎？

韓語
單字、會話
一本搞定
한국어 단어와 회화,
이 책 한 권이면 끝!

Chapter 5

職場 與 校園

회의는 언제입니까?

hwe.ui.neun/o*n.je.im.ni.ga

什麼時候開會？

置換看看

생일은 se*ng.i.reun 生日	올림픽은 ol.lim.pi.geun 奧林匹克
시험은 si.ho*.meun 考試	발표는 bal.pyo.neun 發表
졸업식은 jo.ro*p.ssi.geun 畢業典禮	선거는 so*n.go*.neun 選舉

情境會話一

A : 소은 씨, 좀 도와 줄 수 있어요?

so.eun/ssi//jom/do.wa/jul/su/i.sso*.yo

B : 물론입니다. 뭘 해 드릴까요?

mul.lo.nim.ni.da//mwol/he*/deu.ril.ga.yo

A : 이거 좀 부장님께 전해 줄래요?

i.go*/jom/bu.jang.nim.ge/jo*n.he*/jul.le*.yo

A：素恩，可以幫我得忙嗎？

B：當然可以，要幫您什麼？

A：可以幫我把這個轉交給部長嗎？

情境會話二

A：어제 부탁한 일은 끝냈어요?

o*.je/bu.ta.kan/i.reun/geun.ne*.sso*.yo

B：아직 처리하고 있는데 급하신가요?

a.jik/cho*.ri.ha.go/in.neun.de/geu.pa.sin.ga.yo

A：그건 내일 회의 때 필요한 자료니까 좀 빨리
해 주세요.

geu.go*n/ne*.il/hwe.ui/de*/pi.ryo.han/ja.ryo.ni.ga/jom/

bal.li/he*/ju.se.yo

中譯二

A：昨天我拜託你的事做完了嗎？

B：我還在處理，很急嗎？

A：那是明天開會要用的資料，請你快點處理。

情境會話三

A：팀장님, 잠깐 얘기할 수 있으신가요?

tim.jang.nim//jam.gan/ye*.gi.hal/ssu/i.sseu.sin.ga.yo

B：어쩌지? 지금 좀 곤란한데 이따가 얘기합시
다.

o*.jjo*.ji//ji.geum/jom/gol.lan.han.de/i.da.ga/ye*.gi.

hap.ssi.da

中譯三

A：組長，可以稍微談談嗎？

B：怎麼辦？現在有點不方便，等一下再聊吧。

詞彙—辦公部門 MP3 Track 136

업무부	o*m.mu.bu 業務部
기획부	gi.hwek.bu 企劃部
홍보부	hong.bo.bu 宣傳部
인사부	in.sa.bu 人事部
재무부	je*.mu.bu 財務部
관리부	gwal.li.bu 管理部
기술부	gi.sul.bu 技術部
서무부	so*.mu.bu 庶務部

개발부	ge*.bal.bu 開發部
영업부	yo*ng.o*p.bu 營業部

동료	dong.nyo 同事
상사	sang.sa 上司
부하	bu.ha 部下
선배	so*n.be* 前輩
후배	hu.be* 後輩
베테랑	be.te.rang 老手
신인	si.nin 新人
종업원	jong.o*.bwon 員工
점원	jo*.mwon 店員

직원	ji.gwon 職員

詞彙－職稱　　　　　　　　　　MP3 Track 138

직위	ji.gwi 職位
회장	hwe.jang 董事長
이사	i.sa 理事 / 董事
사장	sa.jang 總經理 / 社長
경리	gyo*ng.ni 經理
매니저	me*.ni.jo* 部門經理
상무	sang.mu 常務
주임	ju.im 主任
비서	bi.so* 祕書
고문	go.mun 顧問

처장	cho*.jang 處長
회계사	hwe.gye.sa 會計
과장	gwa.jang 課長
부장	bu.jang 部長
대리	de*.ri 代理
팀장	tim.jang 隊長
실장	sil.jang 室長
계장	gye.jang 股長
공장장	gong.jang.jang 廠長
담당자	dam.dang.ja 負責人

詞彙－出勤　　　　　　　　　　　　MP3 Track 139

출근하다	chul.geun.ha.da 上班

퇴근하다	twe.geun.ha.da 下班
근무하다	geun.mu.ha.da 上班 / 工作
잔업 하다	ja.no*.pa.da 加班
지각하다	ji.ga.ka.da 遲到
조퇴 하다	jo.twe.ha.da 早退
결근하다	gyo*l.geun.ha.da 缺勤
보고하다	bo.go.ha.da 報告
발표하다	bal.pyo.ha.da 發表
출장 가다	chul.jang/ga.da 出差

詞彙－辦公室設備

MP3 Track 140

프린터	peu.rin.to* 印表機
스캐너	seu.ke*.no* 掃描機

| 복사기 | bok.ssa.gi |
| | 影印機 |

| 문서 분쇄기 | mun.so*/bun.swe*.gi |
| | 碎紙機 |

| 사무실 테이블 | sa.mu.sil/te.i.beul |
| | 辦公桌 |

| 사무실 의자 | sa.mu.sil/ui.ja |
| | 辦公椅 |

| 출퇴근 기록기 | chul.twe.geun/gi.rok.gi |
| | 打卡機 |

| 팩스 | pe*k.sseu |
| | 傳真 |

詞彙─辦公文具

MP3 Track 141

| 도장 | do.jang |
| | 印章 |

| 인주 | in.ju |
| | 印泥 |

| 메모지 | me.mo.ji |
| | 便條紙 |

| 계산기 | gye.san.gi |
| | 計算器 |

| 명함철 | myo*ng.ham.cho*l |
| | 名片簿 |

實用例句

이 서류들은 어떻게 복사해 드릴까요?

i/so*.ryu.deu.reun/o*.do*.ke/bok.ssa.he*/deu.ril.ga.yo

這些資料要怎麼幫您影印呢？

오늘 잔업을 할 수 있겠습니까?

o.neul/jja.no*.beul/hal/ssu/it.get.sseum.ni.ga

你今天可以加班嗎？

과장님, 지금 바쁘십니까?

gwa.jang.nim//ji.geum/ba.beu.sim.ni.ga

課長，您在忙嗎？

여진 씨, 지금 내 사무실로 올 수 있어요?

yo*.jin/ssi//ji.geum/ne*/sa.mu.sil.lo/ol/su/i.sso*.yo

如珍，你現在可以來我的辦公室嗎？

이걸 팀장님께 전해 줄 수 있습니까?

i.go*l/tim.jang.nim.ge/jo*n.he*/jul/su/it.sseum.ni.ga

可以幫我把這個交給組長嗎？

그는 오늘 회사에 오지 않았어요.

geu.neun/o.neul/hwe.sa.e/o.ji/a.na.sso*.yo

他今天沒來公司上班。

實用例句

여기에 서명해 주십시오.

yo*.gi.e/so*.myo*ng.he*/ju.sip.ssi.o

請您在這裡簽名。

수고하셨습니다.

su.go.ha.syo*t.sseum.ni.da

您辛苦了。

회의는 오후 두 시에 있습니다.

hwe.ui.neun/o.hu/du/si.e/it.sseum.ni.da

會議是下午兩點。

보고서를 이번 주 금요일 전에 제출할 수 있기를 바
랍니다.

bo.go.so*.reul/i.bo*n/ju/geu.myo.il/jo*.ne/je.chul.hal/ssu/it.gi.reul/

ba.ram.ni.da

希望你能在這周五以前交報告。

회의에 늦어서 죄송합니다.

hwe.ui.e/neu.jo*.so*/jwe.song.ham.ni.da

對不起我開會遲到了。

어디서 일해요?

o*.di.so*/il.he*.yo

在哪裡工作？

置換看看

주무세요?	팔아요?
ju.mu.se.yo	pa.ra.yo
睡覺？	賣？
만나요?	공부해요?
man.na.yo	gong.bu.he*.yo
見面？	讀書？
사요?	배워요?
sa.yo	be*.wo.yo
買？	學習？

情境會話一

A：어디서 일하세요?

o*.di.so*/il.ha.se.yo

B：저는 무역 회사에 근무합니다.

jo*.neun/mu.yo*k/hwe.sa.e/geun.mu.ham.ni.da

中譯一

A：你在哪工作？

單字會話 一本搞定　216

B：我在貿易公司上班。

情境會話二

A：보통 몇 시에 출근하세요?

　　bo.tong/myo*t/si.e/chul.geun.ha.se.yo

B：나는 보통 아침 아홉 시에 출근해요.

　　na.neun/bo.tong/a.chim/a.hop/si.e/chul.geun.he*.yo

中譯二

A：你一般都幾點上班？
B：我一般都早上九點上班。

情境會話三

A：뭐 해? 내일 회사에 가니까 빨리 자.

　　mwo/he*//ne*.il/hwe.sa.e/ga.ni.ga/bal.li/ja

B：내일 출근 안 해도 돼.

　　ne*.il/chul.geun/an/he*.do/dwe*

A：왜?

　　we*

B：회사에서 잘렸거든.

　　hwe.sa.e.so*/jal.lyo*t.go*.deun

中譯三

A：在幹嘛？明天要上班早點睡吧。
B：明天可以不用上班。

A：為什麼？

B：我被公司開除了。

詞彙－職業

직업	ji.go*p 職業
회계사	hwe.gye.sa 會計師
가정주부	ga.jo*ng.ju.bu 家庭主婦
변호사	byo*n.ho.sa 律師
강사	gang.sa 講師
법관	bo*p.gwan 法官
검사	go*m.sa 檢察官
경찰	gyo*ng.chal 警察
사업가	sa.o*p.ga 商人
소방대원	so.bang.de*.won 消防隊員

군인	gu.nin 軍人
의사	ui.sa 醫生
수의사	su.ui.sa 獸醫
스튜어디스	seu.tyu.o*.di.seu 空姐
아나운서	a.na.un.so* 播音員
연구원	yo*n.gu.won 研究員
영양사	yo*ng.yang.sa 營養師
외교관	we.gyo.gwan 外交官
공무원	gong.mu.won 公務員
은행원	eun.he*ng.won 銀行員
노동자	no.dong.ja 工人
농부	nong.bu 農民

어부	o*.bu 漁民	
번역가	bo*.nyo*k.ga 翻譯家	
통역원	tong.yo*.gwon 口譯員	
자유업가	ja.yu.o*p.ga 自由業者	
간호사	gan.ho.sa 護士	
약사	yak.ssa 藥劑師	
기자	gi.ja 記者	
엔지니어	en.ji.ni.o* 工程師	
디자이너	di.ja.i.no* 設計師	
운전사	un.jo*n.sa 司機	
요리사	yo.ri.sa 廚師	
세일즈맨	se.il.jeu.me*n 推銷員	

건축사	go*n.chuk.ssa 建築師
리포터	ri.po.to* 採訪記者
미장이	mi.jang.i 水泥工
배관공	be*.gwan.gong 水電工
수리공	su.ri.gong 修理工
가정부	ga.jo*ng.bu 幫傭

詞彙－產業　　　　　　　　　　MP3 Track 146

산업	sa.no*p 產業
상업	sang.o*p 商業
서비스업	so*.bi.seu.o*p 服務業
제조업	je.jo.o*p 製造業
금융업	geu.myung.o*p 金融業

어업	o*.o*p 漁業
공업	gong.o*p 工業
농업	nong.o*p 農業
축산업	chuk.ssa.no*p 畜牧業
자유업	ja.yu.o*p 自由業

詞彙－就業

MP3 Track 147

취업 기회	chwi.o*p/gi.hwe 就業機會
취업 정보	chwi.o*p/jjo*ng.bo 就業信息
취업률	chwi.o*m.nyul 就業率
취직 상담소	chwi.jik/ssang.dam.so 職業介紹所
일자리를 찾다	il.ja.ri.reul/chat.da 找工作
돈을 벌다	do.neul/bo*l.da 賺錢

면접 시험	myo*n.jo*p/si.ho*m 面試
이력서	i.ryo*k.sso* 履歷書

일근	il.geun 日班
야근	ya.geun 夜班
훈련	hul.lyo*n 培訓
연수	yo*n.su 研修
근무 시간	geun.mu/si.gan 工作時間
쉬는 시간	swi.neun/si.gan 休息時間
주휴 2일제	ju.hyu/i.il.je 週休二日
승진하다	seung.jin.ha.da 升職
전직하다	jo*n.ji.ka.da 轉職

감원하다	ga.mwon.ha.da 裁員

월급	wol.geup 月薪
보너스	bo.no*.seu 獎金
퇴직금	twe.jik.geum 退休金
급여	geu.byo* 工資
수당	su.dang 津貼
커미션	ko*.mi.syo*n 回扣
유급 휴가	yu.geup/hyu.ga 帶薪休假
병가	byo*ng.ga 病假
복상 휴가	bok.ssang/hyu.ga 喪假
출산 휴가	chul.san/hyu.ga 產假

實用例句

제가 새로운 일자리를 찾았어요.

je.ga/se*.ro.un/il.ja.ri.reul/cha.ja.sso*.yo

我找到新的工作了。

저는 인사부에서 일하고 있어요.

jo*.neun/in.sa.bu.e.so*/il.ha.go/i.sso*.yo

我在人事部工作。

나는 지하철을 타고 회사에 가요.

na.neun/ji.ha.cho*.reul/ta.go/hwe.sa.e/ga.yo

我搭地鐵去上班。

오늘 일곱 시에 퇴근해요.

o.neul/il.gop/si.e/twe.geun.he*.yo

今天七點下班。

연봉이 얼마나 됩니까?

yo*n.bong.i/o*l.ma.na/dwem.ni.ga

你的年薪有多少？

올해 보너스는 얼마나 됩니까?

ol.he*/bo.no*.seu.neun/o*l.ma.na/dwem.ni.ga

你今年的獎金有多少？

實用例句

회사에서 무슨 일을 맡으세요?

hwe.sa.e.so*/mu.seun/i.reul/ma.teu.se.yo

你在公司負責什麼工作？

승진한다는 게 정말이세요?

seung.jin.han.da.neun/ge/jo*ng.ma.ri.se.yo

聽說你升職了，真的嗎？

언제 팀장님이 되셨어요?

o*n.je/tim.jang.ni.mi/dwe.syo*.sso*.yo

你什麼時候當上組長的？

여기에서 얼마동안 근무하셨어요?

yo*.gi.e.so*/o*l.ma.dong.an/geun.mu.ha.syo*.sso*.yo

您在這裡任職多久了？

난 해고 당했어요.

nan/he*.go/dang.he*.sso*.yo

我被解雇了。

회사까지 오시는데 얼마나 걸리나요?

hwe.sa.ga.ji/o.si.neun.de/o*l.ma.na/go*l.li.na.yo

您來公司要花多久時間？

저는 서울대학교에 다녀요.

jo*.neun/so*.ul.de*.hak.gyo.e/da.nyo*.yo

我就讀首爾大學。

置換看看

유치원	고등학교
yu.chi.won	go.deung.hak.gyo
幼稚園	高中
초등학교	대학원
cho.deung.hak.gyo	de*.ha.gwon
小學	研究所
중학교	명문학교
jung.hak.gyo	myo*ng.mun.hak.gyo
國中	明星學校

情境會話一

A : 수업 끝나면 바로 집에 가야 돼. PC방에 가
지 마. 알지?

su.o*p/geun.na.myo*n/ba.ro/ji.be/ga.ya/dwe*//

PC.bang.e/ga.ji/ma//al.jji

B : 알았어요. 선생님.

a.ra.sso*.yo//so*n.se*ng.nim

中譯一

A：下課後要馬上回家，不要跑去網咖，知道嗎？

B：知道了，老師。

情境會話二

A：다른 질문 있어?

da.reun/jil.mun/i.sso*

B：없습니다.

o*p.sseum.ni.da

A：자, 그럼 오늘 수업은 여기까지!

ja,/geu.ro*m/o.neul/ssu.o*.beun/yo*.gi.ga.ji

中譯二

A：還有其他問題嗎？

B：沒有。

A：那麼今天的課上到這裡。

情境會話三

A：내일 시험이 있으니까 집에 가서 꼭 공부해
야 돼. 알았어?

ne*.il/si.ho*.mi/i.sseu.ni.ga/ji.be/ga.so*/gok/gong.

bu.he*.ya/dwe*//a.ra.sso*

B：네, 알았어요.

ne//a.ra.sso*.yo

A：明天有考試，回家一定要念書。知道嗎？

B：知道了。

詞彙－教職人員　　　　　　　　　MP3 Track 153

총장	chong.jang 大學校長
교사	gyo.sa 教師
선생님	so*n.se*ng.nim 老師
교감	gyo.gam 教務主任
교수	gyo.su 教授
부교수	bu.gyo.su 副教授
조교수	jo.gyo.su 助理教授
조교	jo.gyo 助教
강사	gang.sa 講師
학과장	hak.gwa.jang 系主任

학생	hak.sse*ng 學生
반장	ban.jang 班長
남자선배	nam.ja.so*n.be* 學長
여자선배	yo*.ja.so*n.be* 學姊
남자후배	nam.ja.hu.be* 學弟
여자후배	yo*.ja.hu.be* 學妹
신입생	si.nip.sse*ng 新生
유학생	yu.hak.sse*ng 留學生
룸메이트	rum.me.i.teu 室友

詞彙－考試　　　　　　　MP3 Track 155

시험을 보다	si.ho*.meul/bo.da 考試
중간고사	jung.gan.go.sa 期中考

기말고사	gi.mal.go.sa 期末考
면접시험	myo*n.jo*p.ssi.ho*m 面試
필기시험	pil.gi.si.ho*m 筆試
합격하다	hap.gyo*.ka.da 合格
불합격하다	bul.hap.gyo*.ka.da 不合格
성적	so*ng.jo*k 成績
빵점	bang.jo*m 零分
만점	man.jo*m 滿分

詞彙-科目

MP3 Track 156

국어	gu.go* 國語
영어	yo*ng.o* 英語
수학	su.hak 數學

화학	hwa.hak 化學
물리	mul.li 物理學
역사	yo*k.ssa 歷史
지리	mul.li 地理
미술	mi.sul 美術
음악	eu.mak 音樂
체육	che.yuk 體育

詞彙－上課

MP3 Track 157

수업 시간	su.o*p/si.gan 上課時間
자습 시간	ja.seup/si.gan 自習時間
수업을 시작하다	su.o*.beul/ssi.ja.ka.da 上課
수업을 마치다	su.o*.beul/ma.chi.da 下課

출석을 부르다	chul.so*.geul/bu.reu.da 點名
출석하다	chul.so*.ka.da 出席
결석하다	gyo*l.so*.ka.da 缺席
지각하다	ji.ga.ka.da 遲到
가르치다	ga.reu.chi.da 教導
배우다	be*.u.da 學習
질문하다	jil.mun.ha.da 提問
대답하다	de*.da.pa.da 回答
지도하다	ji.do.ha.da 指導
공부하다	gong.bu.ha.da 學習
예습하다	ye.seu.pa.da 預習
복습하다	bok.sseu.pa.da 複習

實用例句

중간 고사 다 끝났어요?

jung.gan/go.sa/da/geun.na.sso*.yo

期中考都考完了嗎?

칠판에 쓰세요.

chil.pa.ne/sseu.se.yo

請寫在黑板上。

책을 펴세요.

che*.geul/pyo*.se.yo

請翻開書本。

커닝하지 마세요.

ko*.ning.ha.ji/ma.se.yo

請不要作弊。

교과서는 다 챙겼어요?

gyo.gwa.so*.neun/da/che*.ng.gyo*.sso*.yo

教科書都帶了嗎?

수업 시간에 조용하세요.

su.o*p/si.ga.ne/jo.yong.ha.se.yo

上課時間請安靜。

實用例句

자세히 설명해 주세요.

ja.se.hi/so•l.myo•ng.he•/ju.se.yo

請您仔細說明。

앞을 보세요.

a.peul/bo.se.yo

請看前面。

질문있는 사람, 질문 하세요.

jil.mu.nin.neun/sa.ram//jil.mun/ha.se.yo

有問題的人，請發問。

왜 지각했어요?

we•/ji.ga.ke•.sso•.yo

你為什麼遲到？

다음 페이지를 펴세요.

da.eum/pe.i.ji.reul/pyo•.se.yo

請翻到下一頁。

안녕하세요, 선생님.

an.nyo•ng.ha.se.yo//so•n.se•ng.nim

老師好。

저는 고등학생입니다.

jo*.neun/go.deung.hak.sse*ng.im.ni.da

我是高中生。

置換看看

초등학생	대학원생
cho.deung.hak.sse*ng	de*.ha.gwon.se*ng
小學生	研究生
중학생	전학생
jung.hak.sse*ng	jo*n.hak.sse*ng
國中生	轉學生
대학생	청강생
de*.hak.sse*ng	cho*ng.gang.se*ng
大學生	旁聽學生

情境會話一

A : 몇 학년이에요?

　　myo*t/hang.nyo*.ni.e.yo

B : 삼학년이에요.

　　sam.hang.nyo*.ni.e.yo

中譯一

A : 你幾年級？

B：我三年級。

情境會話二

A：수업 시간은 몇 시부터 몇 시까지예요?

su.o*p/si.ga.neun/myo*t/si.bu.to*/myo*t/si.ga.ji.ye.yo

B：수업 시간은 오전 여덟 시부터 오후 네 시까
지예요.

su.o*p/si.ga.neun/o.jo*n/yo*.do*l/si.bu.to*/o.hu/ne/

si.ga.ji.ye.yo

中譯二

A：上課時間是從幾點到幾點？
B：上課時間是從上午八點到下午四點。

情境會話三

A：어느 대학에 다녀요?

o*.neu/de*.ha.ge/da.nyo*.yo

B：나는 고려대에 다녀요.

na.neun/go.ryo*.de*.e/da.nyo*.yo

A：정말요? 나도 고려대 다녔거든요.

jo*ng.ma.ryo//na.do/go.ryo*.de*/da.nyo*t.go*.deu.nyo

中譯一

A：你就讀哪所大學？
B：我就讀高麗大學。

A：真的嗎？我以前也是讀高麗大學。

詞彙－畢業　　　　　　　　　　　MP3 Track 161

졸업하다	jo.ro*.pa.da 畢業
졸업식	jo.ro*p.ssik 畢業典禮
졸업생	jo.ro*p.sse*ng 畢業生
졸업 증서	jo.ro*p/jjeung.so* 畢業證書
졸업 논문	jo.ro*p/non.mun 畢業論文
졸업 자격	jo.ro*p/ja.gyo*k 畢業資格
졸업 연도	jo.ro*p/yo*n.do 畢業年度
휴학	hyu.hak 休學
중퇴	jung.twe 輟學
퇴학	twe.hak 退學

詞彙－學歷

초졸	cho.jol 小學畢業
중졸	jung.jol 國中畢業
고졸	go.jol 高中畢業
대졸	de*.jol 大學畢業
학사	hak.ssa 學士
석사	so*k.ssa 碩士
박사	bak.ssa 博士
학사 학위	hak.ssa/ha.gwi 學士學位
석사 학위	so*k.ssa/ha.gwi 碩士學位
박사 학위	bak.ssa/ha.gwi 博士學位

詞彙－學業相關

교육	gyo.yuk 教育

학년	hang.nyo*n 年級
학기	hak.gi 學期
학위	ha.gwi 學位
학력	hang.nyo*k 學歷
장학금	jang.hak.geum 獎學金
교과서	gyo.gwa.so* 教科書
학생증	hak.sse*ng.jeung 學生證
교복	gyo.bok 校服
등록금	deung.nok.geum 學費

實用例句

시험은 아주 쉬웠어요.

si.ho*.meun/a.ju/swi.wo.sso*.yo

考試很簡單。

수영 씨는 전공이 뭐예요?

su.yo*ng/ssi.neun/jo*.n.gong.i/mwo.ye.yo

秀英你主修什麼科系？

물리학을 전공하고 있습니다.

mul.li.ha.geul/jjo*.n.gong.ha.go/it.sseum.ni.da

我主修物理系。

평소에 어디서 공부합니까?

pyo*.ng.so.e/o*.di.so*/gong.bu.ham.ni.ga

你平常都在哪裡讀書？

저는 경영학과 학생입니다.

jo*.neun/gyo*ng.yo*ng.hak.gwa/hak.sse*ng.im.ni.da

我是經營系的學生。

그의 수학 성적은 좋지 않아요.

geu.ui/su.hak/so*ng.jo*.geun/jo.chi/a.na.yo

他的數學成績不好。

實用例句

내가 제일 못 하는 건 영어예요.

ne*.ga/je.il/mot/ha.neun/go*n/yo*ng.o*.ye.yo

我最不行的就是英語。

올해 대학교를 졸업할 겁니다.

ol.he*/de*.hak.gyo.reul/jjo.ro*.pal/go*m.ni.da

我今年將大學畢業。

요즘 기말 고사를 준비하느라 정신이 없어요.

yo.jeum/gi.mal/go.sa.reul/jjun.bi.ha.neu.ra/jo*ng.si.ni/o*p.sso*.yo

最近為了準備期末考，忙得團團轉。

제가 시험을 망쳤어요.

je.ga/si.ho*.meul/mang.cho*.sso*.yo

我考砸了。

선배, 이거 좀 가르쳐 줄 수 있어요?

so*n.be*//i.go*/jom/ga.reu.cho*/jul/su/i.sso*.yo

學長，可以教教我這個嗎？

이번 시험에도 낙방이네요.

i.bo*n/si.ho*.me.do/nak.bang.i.ne.yo

這次考試又落榜了。

韓語

單字、會話
一本搞定

한국어 단어와 회화,
이 책 한 권이면 끝!

Chapter 6

飲食生活

무슨 요리가 있습니까?

mu.seun/yo.ri.ga/it.sseum.ni.ga

有什麼菜呢？

置換看看

차이가	비결이
cha.i.ga	bi.gyo*.ri
差異	**祕訣**
문제가	일이
mun.je.ga	i.ri
問題	**事情**
차가	색이
cha.ga	se*.gi
茶	**顏色**

情境會話一

A : 지금 저녁 시간인데 같이 먹으러 갈까요?
ji.geum/jo*.nyo*k/si.ga.nin.de/ga.chi/mo*.geu.ro*/gal.ga.yo

B : 네, 혹시 먹고 싶은 거 있어요?
ne/hok.ssi/mo*k.go/si.peun/go*/i.sso*.yo

A : 아, 갑자기 불고기를 먹고 싶네요.
a//gap.jja.gi/bul.go.gi.reul/mo*k.go/sim.ne.yo

A：現在是晚餐時間要不要一起去吃飯？
B：好啊，你有想吃什麼嗎？
A：啊，我突然想吃烤肉耶！

情境會話二

A：어서 오세요. 몇 분이세요?
　　o*.so*/o.se.yo//myo*t/bu.ni.se.yo

B：두 명이에요. 빈 자리 있어요?
　　du/myo*ng.i.e.yo//bin/ja.ri/i.sso*.yo

A：네, 있습니다. 이쪽으로 오세요.
　　ne//it.sseum.ni.da//i.jjo.geu.ro/o.se.yo

中譯二

A：歡迎光臨，請問幾位？
B：兩位，有位子嗎？
A：有的，請過來這邊。

情境會話三

A：저기요, 여기 주문 받으세요.
　　jo*.gi.yo//yo*.gi/ju.mun/ba.deu.se.yo

B：네, 뭘 주문하시겠어요?
　　ne//mwol/ju.mun.ha.si.ge.sso*.yo

A：저분과 같은 것으로 주세요.
　　jo*.bun.gwa/ga.teun/go*.seu.ro/ju.se.yo

A：服務員，這裡要點餐。

B：好的，您要點什麼？

A：請給我和他一樣的。

詞彙－餐廳

MP3 Track 167

식당	sik.dang
	餐館
음식점	eum.sik.jjo*m
	餐飲店
레스토랑	re.seu.to.rang
	西餐廳
포장마차	po.jang.ma.cha
	路邊攤
분식집	bun.sik.jjip
	小吃店 / 麵店
뷔페	bwi.pe
	自助餐 / 吃到飽
한식집	han.sik.jjip
	韓式料理店
일식집	il.sik.jjip
	日式料理店
중식집	jung.sik.jjip
	中華料理店

패스트푸드점	pe*.seu.teu.pu.deu.jo*m 速食餐飲店

야채 요리	ya.che*/yo.ri 素食料理
해산물 요리	he*.san.mul/yo.ri 海鮮料理
일식요리	il.si.gyo.ri 日式料理
중식요리	jung.si.gyo.ri 中式料理
한식요리	han.si.gyo.ri 韓式料理
프랑스 요리	peu.rang.seu/yo.ri 法國料理
한정식	han.jo*ng.sik 韓定食
돌솥비빔밥	dol.sot.bi.bim.bap 石鍋拌飯
순두부 찌개	sun.du.bu/jji.ge* 嫩豆腐鍋
김치찌개	gim.chi.jji.ge* 泡菜鍋

삼계탕	sam.gye.tang 蔘雞湯
불고기	bul.go.gi 烤肉
김치볶음밥	gim.chi.bo.geum.bap 泡菜炒飯
부대찌개	bu.de*.jji.ge* 部隊鍋
매운탕	me*.un.tang 辣魚湯
갈비탕	gal.bi.tang 排骨湯
설렁탕	so*l.lo*ng.tang 牛骨湯
해물탕	he*.mul.tang 辣海鮮湯
떡국	do*k.guk 年糕湯
칼국수	kal.guk.ssu 刀切麵
김치덮밥	gim.chi.do*p.bap 炒泡菜蓋飯
만두국	man.du.guk 餃子湯

육개장	yuk.ge*.jang 牛肉辣湯
감자탕	gam.ja.tang 馬鈴薯排骨湯
닭도리탕	dak.do.ri.tang 燉煮雞肉辣湯
보신탕	bo.sin.tang 補身湯 / 狗肉湯
굴전골	gul.jo*n.gol 牡蠣牛肉鍋
수제비	su.je.bi 麵疙瘩湯
냉면	ne*ng.myo*n 冷麵
생선구이	se*ng.so*n.gu.i 烤魚
계란찜	gye.ran.jjim 蒸蛋
짜장면	jja.jang.myo*n 炸醬麵
짬뽕	jjam.bong 炒碼麵
볶음밥	bo.geum.bap 炒飯

탕수육	tang.su.yuk 糖醋肉
돈까스	don.ga.seu 豬排飯
초밥	cho.bap 壽司
우동	u.dong 烏龍麵
떡볶이	do*k.bo.gi 辣炒年糕
파전	pa.jo*n 煎蔥餅

詞彙－用餐相關 MP3 Track 169

메뉴판	me.nyu.pan 菜單
물수건	mul.su.go*n 濕巾
젓가락	jo*t.ga.rak 筷子
숟가락	sut.ga.rak 湯匙
포크	po.keu 叉子

實用例句

우리 그 새로 개업한 식당에 갑시다.

u.ri/geu/se*.ro/ge*.o*.pan/sik.dang.e/gap.ssi.da

我們去那家新開的餐館吧。

예약하지 않았는데 자리가 있습니까?

ye.ya.ka.ji/a.nan.neun.de/ja.ri.ga/it.sseum.ni.ga

我沒有訂位，有位子嗎？

어느 정도 기다려야 합니까?

o*.neu/jo*ng.do/gi.da.ryo*.ya/ham.ni.ga

要等多久呢？

창가 자리에 앉고 싶습니다.

chang.ga/ja.ri.e/an.go/sip.sseum.ni.da

我想坐靠窗的位子。

이 자리가 참 편해요.

i/ja.ri.ga/cham/pyo*n.he*.yo

這個位子真舒服。

합석해도 될까요?

hap.sso*.ke*.do/dwel.ga.yo

可以和您同桌嗎？

實用例句

손님, 주문하시겠어요?

son.nim// ju.mun.ha.si.ge.sso*.yo

客人，您要點餐了嗎？

메뉴판 좀 주시겠어요?

me.nyu.pan/jom/ju.si.ge.sso*.yo

可以給我菜單嗎？

모두 맛있어 보여요. 뭘 추천하시겠어요?

mo.du/ma.si.sso*/bo.yo*.yo//mwol/chu.cho*n.ha.si.ge.sso*.yo

全部都看起來很好吃，您推薦什麼？

디저트는 무엇이 있어요?

di.jo*.teu.neun/mu.o*.si/i.sso*.yo

餐後甜點有什麼？

이걸 먹을 수 있을까요?

i.go*l/mo*.geul/ssu/i.sseul.ga.yo

我可以吃這個嗎？

생선 구이를 먹겠습니다.

se*ng.so*n/gu.i.reul/mo*k.get.sseum.ni.da

我要吃烤魚。

여기서 소고기를 팝니까?

yo*.gi.so*/so.go.gi.reul/pam.ni.ga

這裡有賣牛肉嗎？

置換看看

소시지를	사과를
so.si.ji.reul	sa.gwa.reul
香腸	蘋果
우유를	술을
u.yu.reul	su.reul
牛奶	酒
케이크를	고추장을
ke.i.keu.reul	go.chu.jang.eul
蛋糕	辣椒醬

情境會話一

A : 뭘 드릴까요?

mwol/deu.ril.ga.yo

B : 혹시 시금치 있어요?

hok.ssi/si.geum.chi/i.sso*.yo

A : 여기 있습니다. 아주 신선해요.

yo*.gi/it.sseum.ni.da//a.ju/sin.so*n.he*.yo

A：您要買什麼？

B：有波菜嗎？

A：在這裡，很新鮮。

情境會話二

A：과일 코너가 어디죠?

　gwa.il/ko.no*.ga/o*.di.jyo

B：저기 양념류 코너 뒤에 있습니다.

　jo*.gi/yang.nyo*m.nyu/ko.no*/dwi.e/it.sseum.ni.da

中譯二

A：請問水果區在哪裡？

B：在那邊調味料區的後面。

情境會話三

A：저기요, 이 요구르트 유통기한이 언제예요?

　jo*.gi.yo/i/yo.gu.reu.teu/yu.tong.gi.ha.ni/o*n.je.ye.yo

B：여기 유통기한이 다 써 있어요. 날짜가 아직
　많이 남아있으니까 사도 괜찮아요.

　yo*.gi/yu.tong.gi.ha.ni/da/sso*/i.sso*.yo//nal.jja.ga/

　a.jik/ma.ni/na.ma.i.sseu.ni.ga/sa.do/gwe*n.cha.na.yo

中譯三

A：服務員，這養樂多的保存期限是什麼時候？

B：這裡都有寫保存期限。日期還很久，您可以買。

쌀	ssal 米
찹쌀	chap.ssal 糯米
국수	guk.ssu 麵條
당면	dang.myo*n 冬粉
땅콩	dang.kong 花生
녹두	nok.du 綠豆
팥	pat 紅豆
계란	gye.ran 雞蛋
야채	ya.che* 蔬菜
고기	go.gi 肉

詞彙一蔬菜　　　MP3 Track 174

수세미외	su.se.mi.we 絲瓜
여주	yo*.ju 苦瓜
미나리	mi.na.ri 芹菜
당근	dang.geun 紅蘿蔔
가지	ga.ji 茄子
부추	bu.chu 韭菜
토란	to.ran 芋頭
산나물	san.na.mul 野菜
호박	ho.bak 南瓜
브로콜리	beu.ro.kol.li 花椰菜
고구마	go.gu.ma 地瓜
오이	o.i 小黃瓜

배추	be*.chu 白菜
양파	yang.pa 洋蔥
마늘	ma.neul 大蒜
감자	gam.ja 馬鈴薯
죽순	juk.ssun 竹筍
상추	sang.chu 生菜
양배추	yang.be*.chu 高麗菜
콩나물	kong.na.mul 黃豆芽
옥수수	ok.ssu.su 玉米
우엉	u.o*ng 牛蒡
연근	yo*n.geun 蓮藕
무	mu 蘿蔔

파	pa 蔥
생강	se*ng.gang 生薑
고추	go.chu 辣椒
피망	pi.mang 青椒
버섯	bo*.so*t 蘑菇
두부	du.bu 豆腐

詞彙－肉類

닭고기	dal.go.gi 雞肉
소고기	so.go.gi 牛肉
돼지고기	dwe*.ji.go.gi 豬肉
양고기	yang.go.gi 羊肉
오리고기	o.ri.go.gi 鴨肉

거위고기	go*.wi.go.gi 鵝肉
햄	he*m 火腿
베이컨	be.i.ko*n 培根
갈비	gal.bi 排骨
등심	deung.sim 里脊
갈비	gal.bi 排骨
안심	an.sim 牛里肌
곱창	gop.chang 牛小腸
간	gan 肝
창자	chang.ja 腸子
삼겹살	sam.gyo*p.ssal 五花肉
족발	jok.bal 豬腳

가슴살	ga.seum.sal 雞胸肉
날개살	nal.ge*.sal 雞翅肉
닭다리	dak.da.ri 雞腳

詞彙－海鮮

생선	se*ng.so*n 魚
조개	jo.ge* 貝
굴	gul 牡蠣
게	ge 螃蟹
새우	se*.u 蝦
오징어	o.jing.o* 烏賊
미역	mi.yo*k 海菜
다시마	da.si.ma 海帶

김	gim 海苔
뱀장어	be*m.jang.o* 鰻魚
넙치	no*p.chi 比目魚
도미	do.mi 鯛魚
참치	cham.chi 鮪魚
꽁치	gong.chi 秋刀魚
전복	jo*n.bok 鮑魚
가리비	ga.ri.bi 干貝
우렁이	u.ro*ng.i 田螺
낙지	nak.jji 烏賊
해파리	he*.pa.ri 海蜇皮
해삼	he*.sam 海參

배	be* 梨子
바나나	ba.na.na 香蕉
딸기	dal.gi 草莓
오렌지	o.ren.ji 柳橙
레몬	re.mon 檸檬
야자	ya.ja 椰子
복숭아	bok.ssung.a 桃子
오얏	o.yat 李子
두리안	du.ri.an 榴槤
멜론	mel.lon 哈密瓜
버찌	bo*.jji 櫻桃
참외	bo*.jji 甜瓜

키위	ki.wi 奇異果
파인애플	pa.i.ne*.peul 鳳梨
앵두	e*ng.du 櫻桃
포도	po.do 葡萄
석류	so*ng.nyu 石榴
감	gam 柿子
수박	su.bak 西瓜
자몽	ja.mong 葡萄柚

詞彙一調味料　　　　　　　　　　MP3 Track 178

간장	gan.jang 醬油
소금	so.geum 鹽巴
식초	sik.cho. 食用醋

고춧가루	go.chut.ga.ru 辣椒粉
후춧가루	hu.chut.ga.ru 胡椒粉
참기름	cham.gi.reum 香油 / 芝麻油
설탕	so*l.tang 糖
머스터드	mo*.seu.to*.deu 芥末醬
케챱	ke.chap 番茄醬
마요네즈	ma.yo.ne.jeu 沙拉醬

詞彙－味道　　　　　　　　　　　MP3 Track 179

맵다	me*p.da 辣
달다	dal.da 甜
짜다	jja.da 鹹
쓰다	sseu.da 苦

實用例句

전 세탁제를 찾고 있는데요.

jo*n/se.tak.jje.reul/chat.go/in.neun.de.yo

我在找洗衣粉。

이거 하나 사면 하나는 공짜예요.

i.go*/ha.na/sa.myo*n/ha.na.neun/gong.jja.ye.yo

這個買一送一。

냉장 식품은 어디예요?

ne*ng.jang/sik.pu.meun/o*.di.ye.yo

冷藏食品在哪裡?

저기 라면 판매대 옆에 있습니다.

jo*.gi/ra.myo*n/pan.me*.de*/yo*.pe/it.sseum.ni.da

在那裡的泡麵販售區旁邊。

이 쇼핑 카트를 사용해도 될까요?

i/syo.ping/ka.teu.reul/ssa.yong.he*.do/dwel.ga.yo

我可以使用這個購物車嗎?

음료수 코너는 어디예요?

eum.nyo.su/ko.no*.neun/o*.di.ye.yo

飲料區在哪裡?

實用例句

이 게는 신선해요?

i/ge.neun/sin.so*n.he*.yo

這螃蟹新鮮嗎？

수입 상품도 여기서 팔아요?

su.ip/sang.pum.do/yo*.gi.so*/pa.ra.yo

這裡也有賣進口商品嗎？

그릇은 어디 있어요?

geu.reu.seun/o*.di/i.sso*.yo

碗盤在哪裡？

오늘의 특가상품은 어디에 있어요?

o.neu.rui/teuk.ga.sang.pu.meun/o*.di.e/i.sso*.yo

今天的特價商品在哪裡？

이 가방에 넣어 주세요.

i/ga.bang.e/no*.o*/ju.se.yo

請幫我放入這個包包。

몇 시에 폐점합니까?

myo*t/si.e/pye.jo*m.ham.ni.ga

幾點關門？

모카 커피로 주세요.

mo.ka/ko*.pi.ro/ju.se.yo

請給我摩卡咖啡。

置換看看

아이스 커피	녹차
a.i.seu/ko*.pi	nok.cha
冰咖啡	綠茶
카페라테	유자차
ka.pe.ra.te	yu.ja.cha
咖啡拿鐵	柚子茶
블랙 커피	핫초코
beul.le*k/ko*.pi	hat.cho.ko
黑咖啡	熱巧克力

情境會話一

A : 우리 커피 한 잔 마시러 갈까요?

u.ri/ko*.pi/han/jan/ma.si.ro*/gal.ga.yo

B : 좋죠. 저기 커피숍이 있는데 갑시다.

jo.chyo//jo*.gi/ko*.pi.syo.bi/in.neun.de/gap.ssi.da

中譯一

A : 我們去喝杯咖啡好嗎?

B：好啊！那裡有咖啡廳，我們走吧。

情境會話二

A：뭘 마실래요?

mwol/ma.sil.le*.yo

B：난 카푸치노를 마시겠어요.

nan/ka.pu.chi.no.reul/ma.si.ge.sso*.yo

中譯二

A：你要喝什麼？

B：我要喝卡布奇諾咖啡。

情境會話三

A：커피는 뜨거운 걸로 드릴까요? 아니면 차가
운 걸로 드릴까요?

ko*.pi.neun/deu.go*.un/go*l.lo/deu.ril.ga.yo//a.ni.

myo*n/cha.ga.un/go*l.lo/deu.ril.ga.yo

B：차가운 걸로 주세요. 얼음 너무 많이 넣지
마세요.

cha.ga.un/go*l.lo/ju.se.yo//o*.reum/no*.mu/ma.ni/no*.

chi/ma.se.yo

A：네, 알겠습니다.

ne//al.get.sseum.ni.da

中譯三

A：咖啡您要喝熱的，還是冰的呢？

B：請給我冰的。冰塊請不要放太多。

A：好的，我知道了。

詞彙一茶

녹차	nok.cha 綠茶
홍차	hong.cha 紅茶
우롱차	u.rong.cha 烏龍茶
밀크티	mil.keu.ti 奶茶
레몬차	re.mon.cha 檸檬茶
보리차	bo.ri.cha 麥茶
옥수수차	ok.ssu.su.cha 玉米茶
국화차	gu.kwa.cha 菊花茶
보이차	bo.i.cha 普洱茶
자스민차	ja.seu.min.cha 茉莉花茶

음료수	eum.nyo.su 飲料
물	mul 水
생수	se*ng.su 礦泉水
두유	du.yu 豆奶
탄산 음료	tan.san/eum.nyo 碳酸飲料
콜라	kol.la 可樂
코카 콜라	ko.ka/kol.la 可口可樂
펩시 콜라	pep.ssi/kol.la 百事可樂
사이다	sa.i.da 汽水
환타	hwan.ta 芬達

詞彙－咖啡　　　　　　　　　　　MP3 Track 185

| 커피 | ko*.pi
咖啡 |

아이스 커피	a.i.seu/ko*.pi 冰咖啡
카페 라테	ka.pe.ra.te 咖啡拿鐵
카푸치노 커피	ka.pu.chi.no/ko*.pi 卡布其諾咖啡
블랙 커피	beul.le*k/ko*.pi 黑咖啡
원두 커피	won.du/ko*.pi 原味咖啡
캔 커피	ke*n/ko*.pi 罐裝咖啡
모카 커피	mo.ka/ko*.pi 摩卡咖啡
커피 우유	ko*.pi/u.yu 咖啡牛奶
인스턴트 커피	in.seu.to*n.teu/ko*.pi 即溶咖啡

詞彙－蛋糕／甜點　　　　　　　MP3 Track 186

| 치즈케이크 | chi.jeu.ke.i.keu
起司蛋糕 |
| 무스케이크 | mu.seu.ke.i.keu
慕斯蛋糕 |

컵케이크	ko*p.ke.i.keu 杯子蛋糕
초코파이	cho.ko.pa.i 巧克力派
호두파이	ho.du.pa.i 核桃派
와플	wa.peul 鬆餅
도넛	do.no*t 甜甜圈
타르트	ta.reu.teu 蛋塔
슈크림	syu.keu.rim 泡芙
빙수	bing.su 刨冰

實用例句

차를 마실까요? 커피를 마실까요?

cha.reul/ma.sil.ga.yo//ko*.pi.reul/ma.sil.ga.yo

你要喝茶還是咖啡？

커피가 식어 버렸네요.

ko*.pi.ga/si.go*/bo*.ryo*n.ne.yo

咖啡都涼了。

커피 안에 설탕을 넣지 마세요.

ko*.pi/a.ne/so*l.tang.eul/no*.chi/ma.se.yo

咖啡裡不要加糖。

생크림과 설탕을 넣어 주세요.

se*ng.keu.rim.gwa/so*l.tang.eul/no*.o*/ju.se.yo

請幫我加鮮奶油和糖。

주스는 달게 해주세요.

ju.seu.neun/dal.ge/he*.ju.se.yo

果汁請幫我弄甜一點。

딸기 케이크로 주세요.

dal.gi/ke.i.keu.ro/ju.se.yo

請給我草莓蛋糕。

우리의 승리를 위해서 건배!

u.ri.ui/seung.ni.reul/wi.he*.so*/go*n.be*

為了我們的勝利乾杯！

置換看看

모두의 건강을	모두의 행복을
mo.du.ui/go*n.gang.eul	mo.du.ui/he*ng.bo.geul
大家的健康	大家的幸福
여러분의 성공을	세계 평화를
yo*.ro*.bu.nui/so*ng.gong.eul	se.gye/pyo*ng.hwa.reul
各位的成功	世界的和平
우리의 우정을	우리의 청춘을
u.ri.ui/u.jo*ng.eul	u.ri.ui/cho*ng.chu.neul
我們的友情	我們的青春

情境會話一

A：퇴근 후 한 잔 어때요?

twe.geun/hu/han/jan/o*.de*.yo

B：전 오늘 야근해야 되니까 다음에 합시다.

jo*n/o.neul/ya.geun.he*.ya/dwe.ni.ga/da.eu.me/hap.ssi.da

中譯一

A：下班後，要不要喝一杯？

B：我今天要加班，下次吧。

情境會話二

A：여진 씨, 안주 뭐 먹을래요?

　　yo*.jin/ssi//an.ju/mwo/mo*.geul.le*.yo

B：여기 파전이 유명하니까 이걸 먹읍시다.

　　yo*.gi/pa.jo*.ni/yu.myo*ng.ha.ni.ga/i.go*l/mo*.geup.
　　ssi.da

中譯二

A：如珍，下酒菜你要吃什麼？

B：這裡煎餅很有名，我們吃這個吧。

情境會話三

A：술을 좋아하세요?

　　su.reul/jjo.a.ha.se.yo

B：네, 특히 막걸리를 제일 좋아하거든요.

　　ne//teu.ki/mak.go*l.li.reul/jje.il/jo.a.ha.go*.deu.nyo

A：저도요.

　　jo*.do.yo

中譯三

A：你喜歡喝酒嗎？

B：是的，特別是米酒我最喜歡。

A：我也是。

詞彙－酒類

맥주	me*k.jju 啤酒
소주	so.ju 燒酒
와인	wa.in 紅酒
생맥주	se*ng.me*k.jju 生啤酒
위스키	wi.seu.ki 威士忌
브랜디	beu.re*n.di 白蘭地
양주	yang.ju 洋酒
화이트와인	hwa.i.teu.wa.in 白酒
샴페인	syam.pe.in 香檳
칵테일	kak.te.il 雞尾酒
과실주	gwa.sil.ju 水果酒

막걸리	mak.go*l.li 米酒
청주	cho*ng.ju 清酒
흑맥주	heung.me*k.jju 黑啤酒
보드카	bo.deu.ka 伏特加
가오량주	ga.o.ryang.ju 高粱酒
탁주	tak.jju 濁酒 / 米酒
매실주	me*.sil.ju 梅酒
인삼주	in.sam.ju 人蔘酒
정종	jo*ng.jong 日本清酒

實用例句

소주 한 병 더 주세요.

so.ju/han/byo*ng/do*/ju.se.yo

再給我一瓶燒酒。

제가 한잔 따라 드릴게요.

je.ga/han.jan/da.ra/deu.ril.ge.yo

我倒一杯酒給您。

자, 모두들 건배합시다.

ja//mo.du.deul/go*n.be*.hap.ssi.da

來，大家一起乾杯。

술은 드세요?

su.reun/deu.se.yo

你喝酒嗎？

벌써 술을 끊었습니다.

bo*l.sso*/su.reul/geu.no*t.sseum.ni.da

我已經戒酒了。

저는 술을 별로 못합니다.

jo*.neun/su.reul/byo*l.lo/mo.tam.ni.da

我不太會喝酒。

韓語
單字、會話
一本搞定

한국어 단어와 회화,
이 책 한 권이면 끝!

Chapter 7

逛街購物

옷을 사고 싶어요.

o.seul/ssa.go/si.po*.yo

我想買衣服。

置換看看

가방을	양말을
ga.bang.eul	yang.ma.reul
包包	襪子
신발을	넥타이를
sin.ba.reul	nek.ta.i.reul
鞋子	領帶
허리띠를	모자를
ho*.ri.di.reul	mo.ja.reul
皮帶	帽子

情境會話一

A : 아가씨, 골프 용품은 몇 층에 있어요?

　　a.ga.ssi//gol.peu/yong.pu.meun/myo*t/cheung.e/i.sso*.yo

B : 골프 용품은 오층에 있습니다. 저기 엘리베
　　이터를 타고 올라가시면 됩니다.

　　gol.peu/yong.pu.meun/o.cheung.e/it.sseum.ni.da//jo*.

　　gi/el.li.be.i.to*.reul/ta.go/ol.la.ga.si.myo*n/dwem.ni.da

中譯一

A：小姐，高爾夫用品在幾樓？

B：高爾夫用品在五樓，搭那裡的電梯上去就可以了。

情境會話二

A：여기 이것과 같은 것이 있습니까?

wel.gyo*.gi/i.go*t.gwa/ga.teun/go*.si/it.sseum.ni.ga

B：있습니다. 잠시만 기다려 주세요. 제가 가져다 드릴게요.

it.sseum.ni.da//jam.si.man/gi.da.ryo*/ju.se.yo//je.ga/ga.jo*.da/deu.ril.ge.yo

中譯二

A：這裡有和這個一樣的東西嗎？

B：有，請稍等，我拿給您。

情境會話三

A：목도리를 좀 보고 싶습니다.

mok.do.ri.reul/jjom/bo.go/sip.sseum.ni.da

B：저를 따라 오십시오. 여기 색깔과 종류는 많습니다. 천천히 골라 보세요.

jo*.reul/da.ra/o.sip.ssi.o//yo*.gi/se*k.gal.gwa/jong.nyu.neun/man.sseum.ni.da//cho*n.cho*n.hi/gol.la/bo.se.yo

A：고맙습니다.

go.map.sseum.ni.da

A：我想看看圍巾。

B：請跟我來。這裡顏色和種類很多。您慢慢挑。

A：謝謝。

詞彙－購物場所

백화점	be*.kwa.jo*m 百貨公司
쇼핑몰	syo.ping.mol 購物中心
면세점	myo*n.se.jo*m 免稅店
노점	no.jo*m 攤販
드럭스토어	deu.ro*k.sseu.to.o* 藥妝店
옷 가게	ot/ga.ge 服飾店
구두점	gu.du.jo*m 皮鞋店
보석점	bo.so*k.jjo*m 珠寶店
시계점	si.gye.jo*m 鐘錶店

안경 집	an.gyo*ng.jip 眼鏡行
서점	so*.jo*m 書店
빵집	bang.jip 麵包店
꽃집	got.jjip 花店
문구점	mun.gu.jo*m 文具店
귀금속점	gwi.geum.sok.jjo*m 銀樓
약국	yak.guk 藥局
화장품점	hwa.jang.pum.jo*m 化妝品店
가구점	ga.gu.jo*m 家具店
선물 가게	so*n.mul/ga.ge 禮品店
완구점	wan.gu.jo*m 玩具店

詞彙—服飾

MP3 Track 193

티셔츠	ti.syo*.cheu T恤
스웨터	seu.we.to* 毛衣
외투	we.tu 外套
바지	ba.ji 褲子
치마	chi.ma 裙子
후드티	hu.deu.ti 連帽厚T
청바지	cho*ng.ba.ji 牛仔褲
조끼	jo.gi 背心
양복	yang.bok 西裝
원피스	won.pi.seu 連身洋裝

詞彙－鞋類　　　　　　　MP3 Track 194

| 신발 | sin.bal
鞋子 |

구두	gu.du 皮鞋
하이힐	ha.i.hil 高跟鞋
운동화	un.dong.hwa 運動鞋
슬리퍼	seul.li.po* 拖鞋
샌들	se*n.deul 涼鞋
부츠	bu.cheu 靴子
단화	dan.hwa 平跟鞋
장화	jang.hwa 雨鞋
구두끈	gu.du.geun 鞋帶

詞彙一飾品　　　　　　　　　MP3 Track 195

팔찌	pal.jji 手環
반지	ban.ji 戒指

목걸이	mok.go*.ri 項鍊
귀걸이	gwi.go*.ri 耳環
넥타이빈	nek.ta.i.bin 領帶夾
브로치	beu.ro.chi 胸針
뱅글	be*ng.geul 手鐲
펜던트	pen.do*n.teu 鍊墜
보석	bo.so*k 寶石
수정	su.jo*ng 水晶

詞彙一配件 MP3 Track 196

장갑	jang.gap 手套
손수건	son.su.go*n 手帕
머리띠	mo*.ri.di 髮箍

헤어 밴드	he.o*/be*n.deu 髮帶
손목시계	son.mok.ssi.gye 手錶
스타킹	seu.ta.king 絲襪
숄	syol 披肩
야구모자	ya.gu.mo.ja 棒球帽
스카프	seu.ka.peu 絲巾
선글라스	so*n.geul.la.seu 太陽眼鏡

詞彙一包包

돈주머니	don.ju.mo*.ni 錢包
지갑	ji.gap 皮夾
손가방	son.ga.bang 手提包
여행가방	yo*.he*ng.ga.bang 旅行包

핸드백	he*n.deu.be*k 手提包
여행가방	yo*.he*ng.ga.bang 旅行箱
파우치	pa.u.chi 化妝包
숄더 가방	syol.do*/ga.bang 側背包
배낭	be*.nang 登山包
토트백	to.teu.be*k 托特包

實用例句

우리 쇼핑하러 갑시다.

u.ri/syo.ping.ha.ro＊/gap.ssi.da

我們去購物吧。

그냥 구경만 하고 있습니다.

geu.nyang/gu.gyo＊ng.man/ha.go/it.sseum.ni.da

我只是逛逛而已。

이 진열장 안에 있는 지갑 좀 보여 주세요.

i/ji.nyo＊l.jang/a.ne/in.neun/ji.gap/jom/bo.yo＊/ju.se.yo

請給我看這展示櫃裡的皮夾。

립스틱이 있습니까?

rip.sseu.ti.gi/it.sseum.ni.ga

有口紅嗎？

어떤 종류의 치마가 있습니까?

o＊.do＊n/jong.nyu.ui/chi.ma.ga/it.sseum.ni.ga

有什麼種類的裙子？

남편에게 줄 선물을 찾고 있습니다.

nam.pyo＊.ne.ge/jul/so＊n.mu.reul/chat.go/it.sseum.ni.da

我在找送給我先生的禮物。

이것으로 검정색이 있습니까?

i.go*.seu.ro/go*m.jo*ng.se*.gi/it.sseum.ni.ga

這個有黑色的嗎？

置換看看

노랑색	금색
no.rang.se*k	geum.se*k
黃色	金色
얕은색	은색
ya.teun.se*k	eun.se*k
淺色	銀色
짙은색	동색
ji.teun.se*k	dong.se*k
深色	銅色

情境會話一

A : 아주머님, 이거 회색 말고 다른 색 없어요?
　　a.ju.mo*.nim//i.go*/hwe.se*k/mal.go/da.reun/se*k/
　　o*p.sso*.yo

B : 그건 검은색과 보라색도 있어요. 보실래요?
　　geu.go*n/go*.meun.se*k.gwa/bo.ra.se*k.do/i.sso*.yo//
　　bo.sil.le*.yo

A：阿姨，這個除了灰色還有別的顏色嗎？

B：那個也有黑色和紫色，您要看看嗎？

情境會話二

A：손님, 그거 마음에 드세요? 지금 이런 스타
일이 유행이에요.

son.nim//geu.go*/ma.eu.me/deu.se.yo//ji.geum/i.ro*n/

seu.ta.i.ri/yu.he*ng.i.e.yo

B：제가 한 번 입어봐도 될까요?

je.ga/han/bo*n/i.bo*.bwa.do/dwel.ga.yo

A：물론입니다. 이쪽으로 오세요.

mul.lo.nim.ni.da//i.jjo.geu.ro/o.se.yo

中譯二

A：客人，那個您喜歡嗎？現在這種款式很流行。

B：我可以試穿看看嗎？

A：當然可以，請來這邊。

情境會話三

A：입기에는 어때요? 잘 맞습니까?

ip.gi.e.neun/o*.de*.yo//jal/mat.sseum.ni.ga

B：제게 좀 맞지 않아요? 더 큰 거 없나요?

je.ge/jom/mat.jji/a.na.yo//do*/keun/go*/o*m.na.yo

A：죄송해요. 그 거밖에 없어요.

jwe.song.he*.yo//geu*.go*.ba.ge/o*p.sso*.yo

A：穿起來如何？合身嗎？

B：我穿有點不合身，沒有再大一點的嗎？

A：對不起，只有那件而已。

詞彙－尺寸   MP3 Track 200

길이	gi.ri 長度
넓이	no*p.i 寬度
엠 사이즈	em/sa.i.jeu M號
라지 사이즈	ra.ji/sa.i.jeu 大尺寸
크기	keu.gi 大小
가슴둘레	ga.seum.dul.le 胸圍
허리둘레	ho*.ri.dul.le 腰圍
엉덩이둘레	o*ng.do*ng.i.dul.le 臀圍

신장	sin.jang 身長
다리길이	da.ri.gi.ri 腿長

詞彙－顏色   MP3 Track 201

흰색	hin.se*k 白色
검은색	go*.meun.se*k 黑色
노랑색	no.rang.se*k 黃色
오렌지색	o.ren.ji.se*k 橘黃色
녹색	nok.sse*k 綠色
초록색	cho.rok.sse*k 草綠色
연두색	yo*n.du.se*k 淺綠色
청록색	cho*ng.nok.sse*k 藍綠色
파란색	pa.ran.se*k 藍色

빨간색	bal.gan.se*k 紅色
분홍색	bun.hong.se*k 粉紅色
핑크색	ping.keu.se*k 粉紅色 (pink)
주홍색	ju.hong.se*k 朱紅色
상아색	sang.a.se*k 象牙色
피부색	pi.bu.se*k 皮膚色
자주색	ja.ju.se*k 紫色
갈색	gal.sse*k 褐色
회색	hwe.se*k 灰色
커피색	ko*.pi.se*k 咖啡色 (coffee)
카키색	ka.ki.se*k 卡其色

詞彙－材質

MP3 Track 202

면	myo*n 棉
울	ul 羊毛
마	ma 麻
실크	sil.keu 絲綢
레이온	re.i.on 人造絲
혼방	hon.bang 混紡
가죽	ga.juk 皮革
골덴	gol.den 燈芯絨
합성섬유	hap.sso*ng.so*.myu 合成纖維
나일론	na.il.lon 尼龍

詞彙－款式　　　　　　　　MP3 Track 203

| 디자인 | di.ja.in
設計 |

브랜드	beu.re*n.deu 品牌
한정판	han.jo*ng.pan 限定版
줄무늬	jul/mu.ni 條紋
체크 무늬	che.keu/mu.ni 格子紋
꽃 무늬	gon/mu.ni 花紋
하트 무늬	ha.teu/mu.ni 愛心紋
호피 무늬	ho.pi/mu.ni 豹紋
젖소 무늬	jo*t.sso/mu.ni 乳牛紋
땡땡이 무늬	de*ng.de*ng.i/mu.ni 圓點紋

實用例句

비슷한 것이라도 없을까요?

bi.seu.tan/go*.si.ra.do/o*p.sseul.ga.yo

沒有類似的嗎?

이 바지에는 어떤 구두가 어울릴까요?

i/ba/ji/e/neun/o*/do*n/gu/du/ga/o*/ul/lil/ga/yo

這件褲子適合哪種鞋子?

이 색깔은 저에게 어울립니까?

i/se*k.ga.reun/jo*.e.ge/o*.ul.lim.ni.ga

這個顏色適合我嗎?

제가 입어봐도 될까요?

je.ga/i.bo*.bwa.do/dwel.ga.yo

我可以試穿嗎?

제가 입기에는 좀 끼는군요.

je.ga/ip.gi.e.neun/jom/gi.neun.gu.nyo

我穿有點緊呢!

발 사이즈가 어떻게 되세요?

bal/ssa.i.jeu.ga/o*.do*.ke/dwe.se.yo

您鞋子的尺寸是多少?

實用例句

삼십칠호로 주세요.

sam.sip.chil.ho.ro/ju.se.yo

我要37號的。

좀 걸어 봐도 되겠습니까?

jom/go*.ro*/bwa.do/dwe.get.sseum.ni.ga

我可以走走看嗎？

사이즈가 큰 걸로 갖다 드릴게요.

sa.i.jeu.ga/keun/go*l.lo/gat.da/deu.ril.ge.yo

我拿大號的給您。

그건 수입품입니까?

geu.go*n/su.ip.pu.mim.ni.ga

那是進口貨嗎？

전시품은 있어요?

jo*n.si.pu.meun/i.sso*.yo

有展示品嗎？

다른 색깔도 보여 주시겠어요?

da.reun/se*k.gal.do/bo.yo*/ju.si.ge.sso*.yo

可以給我看別的顏色嗎？

實用例句

옷감은 면입니까?

ot.ga.meun/myo*.nim.ni.ga

布料是棉嗎？

이것은 은반지입니까?

i.go*.seun/eun.ban.ji.im.ni.ga

這是銀戒指嗎？

이건 무엇으로 만들어졌어요?

i.go*n/mu.o*.seu.ro/man.deu.ro*.jo*.sso*.yo

這是用什麼製成的？

품질 더 좋은 것은 없어요?

pum.jil/do*/jo.eun/go*.seun/o*p.sso*.yo

品質沒有再更好的嗎？

저의 치수를 재어 주세요.

jo*.ui/chi.su.reul/jje*.o*/ju.se.yo

請幫我量我的尺寸。

어느 것이 더 잘 팔립니까?

o*.neu/go*.si/do*/jal/pal.lim.ni.ga

哪一個賣得比較好？

이 모자의 가격은 얼마입니까?

i/mo.ja.ui/ga.gyo*.geun/o*l.ma.im.ni.ga

這帽子的價格是多少？

置換看看

자켓	마스크 팩
ja.ket	ma.seu.keu/pe*k
夾克	面膜
긴바지	아이섀도우
gin.ba.ji	a.i.sye*.do.u
長褲	眼影
향수	선크림
hyang.su	so*n.keu.rim
香水	防曬

情境會話一

A : 저기, 이거 얼마예요?

jo*.gi//i.go*/o*l.ma.ye.yo

B : 그건 한 개에 만원이에요. 두 개를 사시면
만팔천원에 드릴게요.

geu.go*n/han.ge*.e/ma.nwo.ni.e.yo//du.ge*.reul/ssa.

si.myo*n/man.pal.cho*.nwo.ne/deu.ril.ge.yo

A : 그럼 두 개 주세요.

geu.ro*m/du/ge*/ju.se.yo

中譯一

A：請問這個多少錢？

B：那個一個一萬韓圜。您買兩個的話，我算您一萬
八千韓圜。

A：那請給我兩個。

情境會話二

A：좀 싸게 주세요. 전 지금 오만원밖에 없습니
다.

jom/ssa.ge/ju.se.yo//jo*n/ji.geum/o.ma.nwon.ba.ge/

o*p.sseum.ni.da

B：이건 이미 할인된 가격인데……. 알았어요.
그냥 오만원 주세요.

i.go*n/i.mi/ha.rin.dwen/ga.gyo*.gin.de//a.ra.sso*.yo//

geu.nyang/o.ma.nwon/ju.se.yo

A：고맙습니다.

go.map.sseum.ni.da

中譯二

A：請算我便宜一點，我現在只有五萬韓圜。

B：這已經是折扣後的價格了……。知道了，就給我
五萬韓圜吧。

A：謝謝。

A : 이건 선물용인데 좀 포장해 줄 수 있습니까?

i.go*n/so*n.mu.ryong.in.de/jom/po.jang.he*/jul/su/

it.sseum.ni.ga

B : 물론입니다. 여기에 잠시 앉아서 기다리세요.

mul.lo.nim.ni.da//yo*.gi.e/jam.si/an.ja.so*/gi.da.ri.se.yo

A : 네.

ne

中譯三

A : 這是要送人的，可以幫我包裝嗎？

B : 當然可以，請坐在這裡稍等一下。

A : 好的。

詞彙一打折/特價　　　　　　　　　　　　MP3 Track 208

할인	ha.rin 打折
세일 기간	se.il/gi.gan 特價期間
쿠폰	ku.pon 禮券
특가	teuk.ga 特價
무료	mu.ryo 免費

반값	ban.gap 半價
20프로 할인	i.sip.peu.ro/ha.rin 打八折
50프로 할인	o.sip.peu.ro/ha.rin 打五折
재고 정리 세일	je*.go/jo*ng.ni/se.il 清倉大拍賣
바겐 세일	ba.gen/se.il 大減價

詞彙－收銀台

MP3 Track 209

카운터	ka.un.to* 收銀台
계산대	gye.san.de* 結帳處
금전 등록기	geum.jo*n/deung.nok.gi 收銀機
쇼핑백	syo.ping.be*k 購物袋
비닐 봉지	bi.nil/bong.ji 塑膠袋
바코드	ba.ko.deu 商品條碼

가격표	ga.gyo*k.pyo 價格牌
현금	hyo*n.geum 現金
신용카드	si.nyong.ka.deu 信用卡
잔돈	jan.don 零錢 / 找的錢
분할 지불	bun.hal/jji.bul 分期付款
할부	hal.bu 分期付款
일시불	il.si.bul 一次付清
포인트	po.in.teu 點數
영수증	yo*ng.su.jeung 收據
종이 봉지	jong.i/bong.ji 紙袋
포장	po.jang 包裝
점원	jo*.mwon 店員

고객	go.ge*k 顧客
합계	hap.gye 合計

詞彙－購物動詞　　　　　　　MP3 Track 210

사다	sa.da 買
팔다	pal.da 賣
고르다	go.reu.da 挑選
시용하다	si.yong.ha.da 試用
지불하다	ji.bul.ha.da 支付
환불하다	hwan.bul.ha.da 退費
교환하다	gyo.hwan.ha.da 換貨
반품하다	ban.pum.ha.da 退貨

實用例句

이것으로 하겠습니다.

i.go＊.seu.ro/ha.get.sseum.ni.da

我要買這個。

지금은 결정하지 못하겠습니다.

ji.geu.meun/gyo＊l.jo＊ng.ha.ji/mo.ta.get.sseum.ni.da

我現在還沒辦法決定。

모두 얼마입니까?

mo.du/o＊l.ma.im.ni.ga

全部多少錢？

세금이 포함된 가격입니까?

se.geu.mi/po.ham.dwen/ga.gyo＊.gim.ni.ga

是含稅的價格嗎？

비싸네요. 좀 싸게 해 주세요.

bi.ssa.ne.yo//jom/ssa.ge/he＊/ju.se.yo

很貴呢！算便宜一點吧！

조금만 더 싸면 제가 사겠습니다.

jo.geum.man/do＊/ssa.myo＊n/je.ga/sa.get.sseum.ni.da

如果再便宜一點，我就買。

實用例句

전 그렇게 많은 돈이 없습니다.

jo*n/geu.ro*.ke/ma.neun/do.ni/o*p.sseum.ni.da

我沒有那麼多的錢。

좀 싸게 할 수 없습니까?

jom/ssa.ge/hal/ssu/o*p.sseum.ni.ga

不能再算便宜一點嗎？

더 깎아 주신다면 제가 다 사겠습니다.

do*/ga.ga/ju.sin.da.myo*n/je.ga/da/sa.get.sseum.ni.da

您如果再算我便宜一點，我全部都買了。

예쁘게 포장해 주세요.

ye.beu.ge/po.jang.he*/ju.se.yo

請包裝得漂亮一點。

이걸 다른 것으로 바꾸고 싶어요.

i.go*l/da.reun/go*.seu.ro/ba.gu.go/si.po*.yo

我想把這個換成別的。

품질이 안 좋아서 반품하고 싶습니다.

pum.ji.ri/an/jo.a.so*/ban.pum.ha.go/sip.sseum.ni.da

因為品質不好，我想退貨。

NOTE BOOK

韓語

單字、會話
一本搞定

한국어 단어와 회화,
이 책 한 권이면 끝!

Chapter 8

旅遊與交通

이 길이 지하철 역으로 가는 길인가요?

i/gi.ri/ji.ha.cho*l/yo*/geu.ro/ga.neun/gi.rin.ga.yo

這條路是去<u>地鐵站</u>的路嗎？

置換看看

롯데백화점으로	경복궁으로
rot.de.be*.kwa.jo*.meu.ro	gyo*ng.bok.gung.eu.ro
樂天百貨公司	景福宮
경희대학교로	남대문 시장으로
gyo*ng.hi.de*.hak.gyo.ro	nam.de*.mun si.jang.eu.ro
慶熙大學	南大門市場
남산타워로	서울대공원으로
nam.san.ta.wo.ro	so*.ul.de*.gong.wo.neu.ro
南山塔	首爾大公園

情境會話一

A : 이 길이 시청으로 가는 게 맞나요?

i/gi.ri/si.cho*ng.eu.ro/ga.neun/ge/man.na.yo

B : 아닙니다. 반대 방향으로 가셔야 돼요.

a.nim.ni.da//ban.de*/bang.hyang.eu.ro/ga.syo*.ya/dwe*.yo

A : 아, 그렇군요. 감사합니다.

a//geu.ro*.ku.nyo//gam.sa.ham.ni.da

中譯一

A：這條路是往市政府的路沒錯嗎？

B：不是，您必須走相反的方向。

A：啊！這樣啊！謝謝您。

情境會話二

A：실례합니다. 63빌딩으로 가는 길은 어느 길입니까?

sil.lye.ham.ni.da//yuk.ssam.bil.ding.eu.ro/ga.neun/

gi.reun/o*.neu/gi.rim.ni.ga

B：이 길을 따라서 쭉 가시면 63빌딩을 보실 수 있습니다.

i/gi.reul/da.ra.so*/jjuk.ga.si.myo*n/yuk.ssam.bil.ding.

eul/bo.sil/su/it.sseum.ni.da

A：감사합니다. 그런데 여기서 걸어서 가면 머나요?

gam.sa.ham.ni.da//geu.ro*n.de/yo*.gi.so*/go*.ro*.so*/

ga.myo*n/mo*.na.yo

B：걸어서 이십분정도 걸려요.

go*.ro*.so*/i.sip.bun.jo*ng.do/go*l.lyo*.yo

中譯二

A：不好意思，請問去63大廈是走哪一條路呢？

B：這條路一直走就可以看到63大廈了。

A：謝謝，從這裡走路過去會很遠嗎？

B：走路去大概20分鐘左右。

情境會話三

A：지도를 좀 그려 주시겠어요?

ji.do.reul/jjom/geu.ryo*/ju.si.ge.sso*.yo

B：네, 종이 주세요.

ne//jong.i/ju.se.yo

中譯三

A：可以幫我畫張地圖嗎？

B：好的，請給我紙。

詞彙－方向

근처	geun.cho* 附近
북쪽	buk.jjok 北邊
남쪽	nam.jjok 南邊
동쪽	dong.jjok 東邊
서쪽	so*.jjok 西邊
왼쪽	wen.jjok 左邊

오른쪽	o.reun.jjok 右邊
앞쪽	ap.jjok 前方
뒤쪽	dwi.jjok 後方
안쪽	an.jjok 裡面
바깥쪽	ba.gat.jjok 外面
옆	yo*p 旁邊
맞은편	ma.jeun.pyo*n 對面
대각선 쪽	de*.gak.sso*n/jjok 斜對面
이쪽	i.jjok 這邊
저쪽	jo*.jjok 那邊
위쪽	wi.jjok 上方
아래쪽	a.re*.jjok 下方

實用例句

병원은 거리의 어느 쪽에 있습니까?

byo*ng.wo.neun/go*.ri.ui/o*.neu/jjo.ge/it.sseum.ni.ga

請問醫院在馬路的哪一邊？

실례지만, 근처에 은행이 있습니까?

sil.lye.ji.man/geun.cho*.e/eun.he*ng.i/it.sseum.ni.ga

對不起，這附近有銀行嗎？

그곳은 지하철 역에서 가까워요?

geu.go.seun/ji.ha.cho*l/yo*.ge.so*/ga.ga.wo.yo

那裡離地鐵站近嗎？

혹시 지름길이 있나요?

hok.ssi/ji.reum.gi.ri/in.na.yo

請問有捷徑嗎？

신호등이 보이시면 오른쪽으로 가세요.

sin.ho.deung.i/bo.i.si.myo*n/o.reun.jjo.geu.ro/ga.se.yo

您看到紅綠燈後，請右轉。

이 길을 똑바로 가십시오.

i/gi.reul/dok.ba.ro/ga.sip.ssi.o

請這條路一直走。

기차역이 어디에 있습니까?

gi.cha.yo*.gi/o*.di.e/it.sseum.ni.ga

火車站在哪裡呢？

置換看看

주차장이	공항 안내소가
ju.cha.jang.i	gong.hang/an.ne*.so.ga
停車場	機場服務台
공중전화가	탈의실이
gong.jung.jo*n.hwa.ga	ta.rui.si.ri
公共電話	更衣室
찜질방이	호텔이
jjim.jil.bang.i	ho.te.ri
汗蒸幕	飯店

情境會話一

A : 부산 가는 표 두 장 주세요.

bu.san/ga.neun/pyo/du/jang/ju.se.yo

B : 편도표입니까, 왕복표입니까?

pyo*n.do.pyo.im.ni.ga//wang.bok.pyo.im.ni.ga

A : 편도표로 주세요.

pyo*n.do.pyo.ro/ju.se.yo

A：給我兩張去釜山的票。

B：您要單程票還是往返票？

A：請給我單程票。

情境會話二

A：서울에서 광주까지 급행 기차로 시간이 얼마나 걸려요?

so*.u.re.so*/gwang.ju.ga.ji/geu.pe*ng/gi.cha.ro/si.ga.ni/o*l.ma.na/go*l.lyo*.yo

B：급행 기차로 가면 두 시간쯤 걸립니다.

geu.pe*ng/gi.cha.ro/ga.myo*n/du/si.gan.jjeum/go*l.lim.ni.da

A：그럼 왕복표 두 장 주십시오.

geu.ro*m/wang.bok.pyo/du/jang/ju.sip.ssi.o

中譯二

A：從首爾到光州搭普快列車要花多少時間？

B：搭普快列車的話，大概要兩個小時。

A：那請給我兩張來回票。

情境會話三

A：신촌에 가려면 몇 호선을 타야 합니까?

sin.cho.ne/ga.ryo*.myo*n/myo*t/ho.so*.neul/ta.ya/ham.ni.ga

B : 이호선을 타면 됩니다.

    i.ho.so*.neul/ta.myo*n/dwem.ni.da

中譯三

A : 去新村要搭幾號線？

B : 搭二號線就可以了。

詞彙一火車

기차역	gi.cha.yo*k 火車站
매표소	me*.pyo.so 售票處
매표원	me*.pyo.won 售票員
차장	cha.jang 車長
승객	seung.ge*k 乘客
손잡이	son.ja.bi 手拉環
열차	yo*l.cha 列車
특급	teuk.geup 特快

급행	geu.pe*ng 普快
완행	wan.he*ng 慢車
왕복표	wang.bok.pyo 來回票
편도표	pyo*n.do.pyo 單程票
서울행 기차	so*.ul.he*ng/gi.cha 開往首爾的火車
플랫폼	peul.le*t.pom 月台
건널목	go*n.no*l.mok 平交道
시각표	si.gak.pyo 時刻表
첫차	cho*t.cha 首班車
막차	mak.cha 末班車
밤차	bam.cha 夜間車
자동 매표기	ja.dong/me*.pyo.gi 自動售票機

지하철	ji.ha.cho*l 地鐵
지하철 역	ji.ha.cho*l/yo*k 地鐵站
좌석	jwa.so*k 座位
티머니	ti.mo*.ni 交通卡（T-money）
교통카드 충전기	gyo.tong.ka.deu/chung.jo*n.gi 交通卡儲值機
환승하다	hwan.seung.ha.da 換乘
갈아타다	ga.ra.ta.da 換車 / 換乘
갈아타는 곳	ga.ra.ta.neun/got 換乘處
이호선	i.ho.so*n 2號線
출구	chul.gu 出口

實用例句

대구행 다음 열차는 언제 있나요?

de*.gu.he*ng/da.eum/yo*l.cha.neun/o*n.je/in.na.yo

開往大邱的下一班列車是什麼時候？

기차를 타고 갑시다.

gi.cha.reul/ta.go/gap.ssi.da

我們搭火車去吧。

왕복 요금은 얼마예요?

wang.bok/yo.geu.meun/o*l.ma.ye.yo

來回票多少錢？

급행 요금은 얼마예요?

geu.pe*ng/yo.geu.meun/o*l.ma.ye.yo

普快票多少錢？

표는 어디서 살 수 있나요?

pyo.neun/o*.di.so*/sal/ssu/in.na.yo

票要在哪裡買呢？

부산행 기차는 몇 시에 출발합니까?

bu.san.he*ng/gi.cha.neun/myo*t/si.e/chul.bal.ham.ni.ga

往釜山的火車幾點出發呢？

實用例句

교보문고로 나가는 출구는 어디인가요?

gyo.bo.mun.go.ro/na.ga.neun/chul.gu.neun/o*.di.in.ga.yo

往教保文庫方向的出口在哪裡?

어느 역에서 갈아타야 합니까?

o*.neu/yo*.ge.so*/ga.ra.ta.ya/ham.ni.ga

那我該在那一站轉車呢?

버스 타는 게 빨라요? 아니면 지하철이 빨라요?

bo*.seu/ta.neun/ge/bal.la.yo/a.ni.myo*n/ji.ha.cho*.ri/bal.la.yo

搭公車快嗎?還是地鐵快?

명동역에서 내려서 육번 출구로 나가세요.

myo*ng.dong.yo*.ge.so*/ne*.ryo*.so*/yuk.bo*n/chul.gu.ro/na.ga.se.yo

請在明洞站下車,往六號出口出去。

서울역에서 4호선을 바꿔 타셔야 합니다.

so*.ul.lyo*.ge.so*/sa.ho.so*.neul/ba.gwo/ta.syo*.ya/ham.ni.da

您必須在首爾站換搭四號線。

지하철 노선도를 주십시오.

ji.ha.cho*l/no.so*n.do.reul/jju.sip.ssi.o

請給我地鐵路線圖。

명동으로 가 주세요.

myo*ng.dong.eu.ro/ga/ju.se.yo

請載我去<u>明洞</u>。

置換看看

저쪽으로	인사동으로
jo*.jjo.geu.ro	in.sa.dong.eu.ro
那邊	仁寺洞
홍대로	압구정으로
hong.de*.ro	ap.gu.jo*ng.eu.ro
弘大	狎鷗亭
신세계백화점으로	청계천으로
sin.se.gye.be*.kwa.jo*.meu.ro	cho*ng.gye.cho*l.neu.ro
新世界百貨公司	清溪川

情境會話一

A : 거기에 가려면 무엇을 타야 할까요?

go*.gi.e/ga.ryo*.myo*n/mu.o*.seul/ta.ya/hal.ga.yo

B : 거기는 지하철 역에서 좀 멀어요. 택시를 타
시는 게 제일 편해요.

go*.gi.neun/ji.ha.cho*l/yo*.ge.so*/jom/mo*.ro*.yo//

te*k.ssi.reul/ta.si.neun/ge/je.il/pyo*n.he*.yo

> 中譯一

A：去那裡的話，要搭什麼車呢？

B：那裡離地鐵站有點遠。搭計程車最方便。

> 情境會話二

A：마지막 버스는 몇 시에 떠납니까?

ma.ji.mak/bo*.seu.neun/myo*t/si.e/do*.nam.ni.ga

B：마지막 버스는 밤 12시에 있습니다.

ma.ji.mak/bo*.seu.neun/bam/yo*l.du.si.e/it.sseum.ni.da

> 中譯二

A：最後一台公車是幾點？

B：最後一台公車是晚上12點。

> 情境會話三

A：전 대학로에 가고 싶은데 몇 번 버스를 타야
　　합니까?

jo*n/de*.hang.no.e/ga.go/si.peun.de/myo*t/bo*n/bo*.

seu.reul/ta.ya/ham.ni.ga

B：저도 대학로에 가는데 저와 같은 버스를 타
　　시면 됩니다.

jo*.do/de*.hang.no.e/ga.neun.de/jo*.wa/ga.teun/bo*.

seu.reul/ta.si.myo*n/dwem.ni.da

A：그렇군요. 고맙습니다.

geu.ro*.ku.nyo//go.map.sseum.ni.da

A：我想去大學路，該搭幾號公車呢？

B：我也是要去大學路，您搭和我一樣的公車就可以了。

A：這樣啊！謝謝你。

詞彙—公車

MP3 Track 222

관광 버스	gwan.gwang/bo*.seu 觀光巴士
고속 버스	go.sok/bo*.seu 客運 / 國道巴士
공항 버스	gong.hang/bo*.seu 機場巴士
정류장	jo*ng.nyu.jang 站牌
하차벨	ha.cha.bel 下車鈴
버스 운전기사	bo*.seu/un.jo*n.gi.sa 公車司機
버스 터미널	bo*.seu/to*.mi.no*l 公車總站
노약자석	no.yak.jja.so*k 博愛座
버스를 타다	bo*.seu.reul/ta.da 搭公車

| 버스에서 내리다 | bo*.seu.e.so*/ne*.ri.da
下公車 |

MP3 Track 223

일반 택시	il.ban/te*k.ssi 普通計程車
모범 택시	mo.bo*m/te*k.ssi 模範計程車
주소	ju.so 地址
기본 요금	gi.bon/yo.geum 起跳價 / 基本費用
미터기	mi.to*.gi (計程車) 跳表器
빈 차	bin/cha 空車
기사 아저씨	gi.sa/a.jo*.ssi 司機叔叔
세우다	se.u.da 停車
지름길	ji.reum.gil 捷徑

實用例句

이 버스 삼청동으로 가나요?

i/bo*.seu/sam.cho*ng.dong.eu.ro/ga.na.yo

這台公車會到三清洞嗎？

내가 버스를 맞게 탔는지 잘 모르겠어요.

ne*.ga/bo*.seu.reul/mat.ge/tan.neun.ji/jal/mo.reu.ge.sso*.yo

我不知道我是不是搭對公車了。

버스를 잘못 타신 것 같네요.

bo*.seu.reul/jjal.mot/ta.sin/go*t/gan.ne.yo

您似乎搭錯公車了。

어디서 버스를 갈아타야 하는지 가르쳐 주시겠어요?

o*.di.so*/bo*.seu.reul/ga.ra.ta.ya/ha.neun.ji/ga.reu.cho*/ju.si.ge.sso*.yo

可以告訴我該在哪裡換公車嗎？

버스가 몇 시까지 운행합니까?

bo*.seu.ga/myo*t/si.ga.ji/un.he*ng.ham.ni.ga

公車運行到幾點？

버스 정류장은 어디입니까?

bo*.seu/jo*ng.nyu.jang.eun/o*.di.im.ni.ga

公車站牌在哪裡？

實用例句

가까운 지하철 역까지 부탁합니다.

ga.ga.un/ji.ha.cho*l/yo*k.ga.ji/bu.ta.kam.ni.da

請帶我到附近的地鐵站。

한국 민속촌으로 데려다 주세요.

han.guk/min.sok.cho.neu.ro/de.ryo*.da/ju.se.yo

請載我到韓國民俗村。

저 신호등 앞에 내려 주시겠어요?

jo*/sin.ho.deung/a.pe/ne*.ryo*/ju.si.ge.sso*.yo

可以讓我在那裡的紅綠燈前面下車嗎?

여기서 세워 주십시오.

yo*.gi.so*/se.wo/ju.sip.ssi.o

請在這裡停車。

요금이 얼마입니까?

yo.geu.mi/o*l.ma.im.ni.ga

費用是多少錢?

거스름돈은 됐습니다.

go*.seu.reum.do.neun/dwe*t.sseum.ni.da

不必找零了。

운전할 수 있어요.

un.jo*n.hal/ssu/i.sso*.yo

可以開車。

置換看看

수영	승리
su.yo*ng	seung.ni
游泳	勝利
요리	운동
yo.ri	un.dong
做菜	運動
이해	사랑
i.he*	sa.rang
理解	愛

情境會話一

A：운전할 줄 아세요?

　　un.jo*n.hal/jjul/a.se.yo

B：며칠 전에 면허증을 땄지만 아직 잘 운전하
　　지 못해요.

　　myo*.chil/jo*.ne/myo*n.ho*.jeung.eul/dat.jji.man/a.jik/
　　jal/un.jo*n.ha.ji/mo.te*.yo

中譯一

A：您會開車嗎？

B：幾天前考到駕照了，但還不太會開。

情境會話二

A：차를 빌리고 싶습니다.

　　cha.reul/bil.li.go/sip.sseum.ni.da

B：어떤 차를 원하십니까?

　　o*.do*n/cha.reul/won.ha.sim.ni.ga

A：소형차를 부탁합니다.

　　so.hyo*ng.cha.reul/bu.ta.kam.ni.da

B：며칠 동안 쓰실 겁니까?

　　myo*.chil/dong.an/sseu.sil/go*m.ni.ga

A：이틀 동안 쓸 겁니다.

　　i.teul/dong.an/sseul/go*m.ni.da

B：국제 면허증 좀 보여 주세요.

　　guk.jje/myo*n.ho*.jeung/jom/bo.yo*/ju.se.yo

A：네, 여기 있습니다.

　　ne//yo*.gi/it.sseum.ni.da

中譯二

A：我想租車。

B：您要租什麼樣的車。

A：我要租小型車。

B：您要租幾天？

A：我要租兩天。

B：請給我看您的國際駕駛執照。

A：好的，在這裡。

詞彙－開車

운전하다	un.jo*n.ha.da 開車
교통 표지	gyo.tong/pyo.ji 交通號誌
신호등	sin.ho.deung 紅綠燈
빨간 불	bal.gan/bul 紅燈
파란 불	pa.ran/bul 綠燈
노란 불	no.ran/bul 黃燈
주차장	ju.cha.jang 停車場
주유소	ju.yu.so 加油站
휘발유	hwi.bal.lyu 汽油
석유	so*.gyu 石油

고속도로	go.sok.do.ro 高速公路
요금소	yo.geum.so 收費站
교통사고	gyo.tong.sa.go 車禍
휴게소	hyu.ge.so 休息站
차선	cha.so*n 車道
갓길	gat.gil 路肩
트렁크	teu.ro*ng.keu 車箱
핸들	he*n.deul 方向盤
백미러	be*ng.mi.ro* 後視鏡
자동차 번호판	ja.dong.cha/bo*n.ho.pan 車牌

實用例句

주유소가 근처에 있습니까?

ju.yu.so.ga/geun.cho*.e/it.sseum.ni.ga

附近有加油站嗎？

휘발유를 가득 채워 주세요.

hwi.bal.lyu.reul/ga.deuk/che*.wo/ju.se.yo

請幫我加滿汽油。

이 근처에 렌터카 회사가 있습니까?

i/geun.cho*.e/ren.to*.ka/hwe.sa.ga/it.sseum.ni.ga

這附近有租車公司嗎？

혹시 이 주소가 어디인지 아십니까?

hok.ssi/i/ju.so.ga/o*.di.in.ji/a.sim.ni.ga

您知道這個地址在哪裡嗎？

어디서 도로 지도를 팝니까?

o*.di.so*/do.ro/ji.do.reul/pam.ni.ga

哪裡有賣道路地圖？

길 안내해 주셔서 정말 감사드립니다.

gil/an.ne*.he*/ju.syo*.so*/jo*ng.mal/gam.sa.deu.rim.ni.da

謝謝你為我指路。

탑승권을 보여 주시겠습니까?

tap.sseung.gwo.neul/bo.yo*/ju.si.get.sseum.ni.ga

可以給我看登機證嗎？

置換看看

신분증을	운전면허증을
sin.bun.jeung.eul	un.jo*n.myo*n.ho*.jeung.eul
身分證	駕照
티켓을	영수증을
ti.ke.seul	yo*ng.su.jeung.eul
票	收據
여권을	계약서를
yo*.gwo.neul	gye.yak.sso*.reul
護照	契約書

情境會話一

A : 닭고기로 하시겠습니까? 아니면 소고기로
　　하시겠습니까?

　　dal.go.gi.ro/ha.si.get.sseum.ni.ga//a.ni.myo*n/so.go.
　　gi.ro/ha.si.get.sseum.ni.ga

B : 닭고기로 부탁합니다.

　　dal.go.gi.ro/bu.ta.kam.ni.da

A：您要雞肉還是牛肉？

B：請給我雞肉。

A：맡기실 짐은 몇 개입니까?

　　mat.gi.sil/ji.meun/myo*t/ge*.im.ni.ga

B：이거밖에 없습니다.

　　i.go*.ba.ge/o*p.sseum.ni.da

A：짐을 이 저울 위에 올려놓으세요.

　　ji.meul/i/jo*.ul/wi.e/ol.lyo*.no.eu.se.yo

A：您要托運的行李有幾個呢？

B：只有這個。

A：請把行李放到這個秤子上。

A：어느 좌석으로 하시겠습니까?

　　o*.neu/jwa.so*.geu.ro/ha.si.get.sseum.ni.ga

B：통로쪽 좌석으로 주십시오.

　　tong.no.jjok/jwa.so*.geu.ro/ju.sip.ssi.o

A：알겠습니다.

　　al.get.sseum.ni.da

A：您要哪一個坐位？

B：請給我靠走道的坐位。

A：好的。

詞彙－訂機票

MP3 Track 230

비행기	bi.he*ng.gi 飛機
항공사	hang.gong.sa 航空公司
비행기표	bi.he*ng.gi.pyo 機票
편도티켓	pyo*n.do.ti.ket 單程票
왕복티켓	wang.bok.ti.ket 往返票
국제선	guk.jje.so*n 國際航班
국내선	gung.ne*.so*n 國內航班
이코노믹 클래스	i.ko.no.mik/keul.le*.seu 經濟艙
비즈니스 클래스	bi.jeu.ni.seu/keul.le*.seu 商務艙

퍼스트 클래스	po*.seu.teu/keul.le*.seu 頭等艙

조종사	jo.jong.sa 飛機駕駛員
기장	gi.jang 機長
여승무원	yo*.seung.mu.won 空姐
비행 시간	bi.he*ng/si.gan 飛行時間
승객	seung.ge*k 乘客
창문	chang.mun 窗口
통로	tong.no 走道
안전벨트	an.jo*n.bel.teu 安全帶
풀다	pul.da 解開
매다	me*.da 繫上

국적	guk.jjo*k 國籍
체류 시간	che.ryu/si.gan 滯留時間
수하물	su.ha.mul 手提行李
안내소	an.ne*.so 詢問處
출발 로비	chul.bal/ro.bi 出發大廳
도착 로비	do.chak/ro.bi 抵達大廳
환전소	hwan.jo*n.so 換錢所
면세품	myo*n.se.pum 免稅品
카트	ka.teu 手推車
탑승구	tap.sseung.gu 登機門

實用例句

수하물은 어디서 검사합니까?

su.ha.mu.reun/o*.di.so*/go*m.sa.ham.ni.ga

行李在哪裡檢查?

탑승 수속은 언제 할까요?

tap.sseung/su.so.geun/o*n.je/hal.ga.yo

登機手續什麼時候要辦?

짐을 여기에 둬도 됩니까?

ji.meul/yo*.gi.e/dwo.do/dwem.ni.ga

行李可以放這裡嗎?

지금 안전벨트를 풀어도 됩니까?

ji.geum/an.jo*n.bel.teu.reul/pu.ro*.do/dwem.ni.ga

現在可以解開安全帶嗎?

안전 벨트 매는 방법 좀 가르쳐 주세요.

an.jo*n/bel.teu/me*.neun/bang.bo*p/jom/ga.reu.cho*/ju.se.yo

請教我系安全帶的方法。

대만의 신문이 있습니까?

de*.ma.nui/sin.mu.ni/it.sseum.ni.ga

有台灣的報紙嗎?

實用例句

이어폰 하나를 주시겠습니까?

i.o*.pon/ha.na.reul/jju.si.get.sseum.ni.ga

可以給我一副耳機嗎？

담요는 하나 더 필요합니다.

dam.nyo.neun/ha.na/do*/pi.ryo.ham.ni.da

我還需要一件毛毯。

제가 멀미를 좀 하는데요. 멀미약 있나요?

je.ga/mo*l.mi.reul/jjom/ha.neun.de.yo//mo*l.mi.yak/in.na.yo

我有點暈機，有暈車藥嗎？

커피 한 잔 더 마실 수 있습니까?

ko*.pi/han/jan/do*/ma.sil/su/it.sseum.ni.ga

可以再喝一杯咖啡嗎？

비행 시간은 얼마나 돼요?

bi.he*ng/si.ga.neun/o*l.ma.na/dwe*.yo

飛行時間是多久呢？

면세품을 사고 싶습니다.

myo*n.se.pu.meul/ssa.go/sip.sseum.ni.da

我想買免稅商品。

저는 여행에 관심이 있습니다.

jo*.neun/yo*.he*ng.e/gwan.si.mi/it.sseum.ni.da

我對旅行感興趣。

置換看看

한국 문화	종교
han.guk/mun.hwa	jong.gyo
韓國文化	宗教
연예인	디자인
yo*.nye.in	di.ja.in
藝人	設計
스포츠	야구
seu.po.cheu	ya.gu
體育運動	棒球

情境會話一

A : 서울 시내에 카지노가 있습니까?

so*.ul/si.ne*.e/ka.ji.no.ga/it.sseum.ni.ga

B : 있습니다. 여기 관광객을 위한 안내책자가
   있습니다.

it.sseum.ni.da//yo*.gi/gwan.gwang.ge*.geul/wi.han/

an.ne*.che*k.jja.ga/it.sseum.ni.da

A：首爾市區有賭場嗎？

B：有的，這邊有給觀光客的觀光資料。

情境會話二

A：실례합니다. 시진을 좀 찍어 주시겠어요?

sil.lye.ham.ni.da//si.ji.neul/jjom/jji.go*/ju.si.ge.sso*.yo

B：네, 어떻게 찍어 드릴까요?

ne//o*.do*.ke/jji.go*/deu.ril.ga.yo

A：이 건물을 배경으로 찍어 주세요.

i/go*n.mu.reul/be*.gyo*ng.eu.ro/jji.go*/ju.se.yo

中譯二

A：打擾一下，可以幫我拍照嗎？

B：好的，怎麼幫您拍呢？

A：請以這棟建築為背景幫我拍照。

情境會話三

A：어디서 한복을 공짜로 입을 수 있습니까?

o*.di.so*/han.bo.geul/gong.jja.ro/i.beul/ssu/it.sseum.
ni.ga

B：경복궁에 가 보셨어요? 거기서 한복을 입어
보실 수 있습니다.

gyo*ng.bok.gung.e/ga/bo.syo*.sso*.yo//go*.gi.so*/han.
bo.geul/i.bo*.bo.sil/su/it.sseum.ni.da

A：정말요? 지도 좀 얻을 수 있어요?

jo*ng.ma.ryo//ji.do/jom/o*.deul/ssu/i.sso*.yo

中譯三

A：哪裡可以免費穿韓服呢？

B：您去過景福宮了嗎？那裡可以穿韓服。

A：真的嗎？我可以領取地圖嗎？

詞彙—換錢

은행	eun.he*ng 銀行
환전	hwan.jo*n 換錢
여행자 수표	yo*.he*ng.ja/su.pyo 旅行支票
현금	hyo*n.geum 現金
외환	we.hwan 外幣
환율	hwa.nyul 匯率
한화	han.hwa 韓幣
달러	dal.lo* 美金

대만돈	de*.man.don 台幣
인민폐	in.min.pye 人民幣

詞彙-住宿　　　　　　　MP3 Track 237

호텔	ho.tel 飯店
모텔	mo.tel 汽車旅館
여관	yo*.gwan 旅館
민박	min.bak 民宿
빈 방	bin/bang 空房
객실	ge*k.ssil 客房
더블 룸	do*.beul/lum 雙人房
싱글 룸	sing.geul/rum 單人房
체크인	che.keu.in 入住手續

| 체크아웃 | che.keu.a.ut
退房手續 |

MP3 Track 238

금연	geu.myo*n 禁菸
금연석	geu.myo*n.so*k 禁菸席
흡연석	heu.byo*n.so*k 吸菸席
공사 중	gong.sa.jung 施工中
미시오	mi.si.o 推
당기시오	dang.gi.si.o 拉
촬영 금지	chwa.ryo*ng/geum.ji 禁止攝影
소화기	so.hwa.gi 滅火器
매진	me*.jin 票已售完
떠들지 마시오	do*.deul.jji/ma.si.o 請肅靜

일방 통행로	il.bang/tong.he*ng.no 單行道
속도제한	sok.do.je.han 速度限制
안전이 제일이다	an.jo*.ni/je.i.ri.da 安全第一
주차금지	ju.cha.geum.ji 禁止停車
통행금지	tong.he*ng.geum.ji 禁止通行
음식금지	eum.sik.geum.ji 禁止飲食
낚시금지	nak.ssi.geum.ji 禁止釣魚
만지지 마시오	man.ji.ji/ma.si.o 不可觸摸
미성년자 출입금지	mi.so*ng.nyo*n.ja/chu.rip.geum.ji 禁止未成年者進入
영업시간	yo*ng.o*p.ssi.gan 營業時間

實用例句

중국어로 된 팜플렛을 주세요.

jung.gu.go*.ro/dwen/pam.peul.le.seul/jju.se.yo

請給我中文版的觀光手冊。

이 건물은 왜 유명합니까?

i/go*n.mu.reun/we*/yu.myo*ng.ham.ni.ga

這棟建築為什麼有名呢？

화장실을 찾고 있는데요.

hwa.jang.si.reul/chat.go/in.neun.de.yo

我在找化妝室。

여기서 사진을 찍어도 됩니까?

yo*.gi.so*/sa.ji.neul/jji.go*.do/dwem.ni.ga

這裡可以拍照嗎？

함께 사진을 찍을 수 있습니까?

ham.ge/sa.ji.neul/jji.geul/ssu/it.sseum.ni.ga

可以和你一起照相嗎？

여행 기간은 며칠입니까?

yo*.he*ng/gi.ga.neun/myo*.chi.rim.ni.ga

旅遊期間有幾天呢？

實用例句

이 곳의 구경거리가 어디인지 가르쳐 주시겠어요?

i/go.sui/gu.gyo*ng.go*.ri.ga/o*.di.in.ji/ga.reu.cho*/ju.si.ge.sso*.yo

可以告訴我這裡可以逛的地方在哪裡嗎?

재미있는 곳 몇 군데를 가르쳐 주세요.

je*.mi.in.neun/got/myo*t/gun.de.reul/ga.reu.cho*/ju.se.yo

請告訴我幾個好玩的地方。

오늘 여기에 특별한 행사가 있습니까?

o.neul/yo*.gi.e/teuk.byo*l.han/he*ng.sa.ga/it.sseum.ni.ga

今天這裡有舉辦特別的活動嗎?

시내 관광 버스를 어디서 탑니까?

si.ne*/gwan.gwang/bo*.seu.reul/o*.di.so*/tam.ni.ga

市區的觀光巴士在哪裡搭?

거기에 가면 무엇을 볼 수 있습니까?

go*.gi.e/ga.myo*n/mu.o*.seul/bol/su/it.sseum.ni.ga

去那裡的話,可以看到什麼?

몇 시에 출발합니까?

myo*t/si.e/chul.bal.ham.ni.ga

幾點出發呢?

國家圖書館出版品預行編目資料

韓語單字、會話一本搞定 / 雅典韓研所企編.
-- 初版. -- 新北市：雅典文化，民102.03
面；　公分. -- (全民學韓語；12)
ISBN 978-986-6282-78-2(平裝附光碟片)
1. 韓語 2. 詞彙 3. 會話
803.22　　　　　　　　　　　　　　102000174

全民學韓語系列 12

韓語單字、會話一本搞定

編著／雅典韓研所
責編／呂欣穎
美術編輯／翁敏貴
封面設計／劉逸芹

法律顧問：方圓法律事務所／涂成樞律師

總經銷：永續圖書有限公司
永續圖書線上購物網
www.foreverbooks.com.tw

CVS代理／美璟文化有限公司
TEL：(02) 2723-9968
FAX：(02) 2723-9668

出版日／2013年03月

雅典文化

出版社

22103　新北市汐止區大同路三段194號9樓之1
TEL　(02) 8647-3663
FAX　(02) 8647-3660

韓語單字、會話一本搞定

雅致風靡　典藏文化

親愛的顧客您好，感謝您購買這本書。即日起，填寫讀者回函卡寄回至本公司，我們每月將抽出一百名回函讀者，寄出精美禮物並享有生日當月購書優惠！想知道更多更即時的消息，歡迎加入"永續圖書粉絲團"您也可以選擇傳真、掃描或用本公司準備的免郵回函寄回，謝謝。

傳真電話：（02）8647-3660　　　　電子信箱：yungjiuh@ms45.hinet.net

姓名：		性別：　□男　□女
出生日期：　年　　月　　日	電話：	
學歷：	職業：	
E-mail：		
地址：□□□		
從何處購買此書：	購買金額：　　　　元	
購買本書動機：□封面 □書名 □排版 □內容 □作者 □偶然衝動		
你對本書的意見： 內容：□滿意□尚可□待改進　　編輯：□滿意□尚可□待改進 封面：□滿意□尚可□待改進　　定價：□滿意□尚可□待改進		
其他建議：		